Sternenkinder

AF284946

Michael Graf

Sternenkinder

und andere Kurzerzählungen

Die Deutsche Nationalbibliothek verzeichnet
diese Publikation in der Deutschen National-
bibliografie; detaillierte bibliografische Daten
sind im Internet über http://dnb.de abrufbar.

Herstellung und Verlag:
BoD – Books on Demand, Norderstedt

ISBN: 9783754305621

Für Ute, die klaglos mitansah, wie
ihr Ehemann ständig von einer *frem-
den Frau* geküsst wurde

Arrow Tick

Das Geräusch traf mich im Vorbeigehen.

Tick, machte es.

So, wie wenn, na zum Beispiel eine Erbse eine Fensterscheibe trifft. Schoss da jemand, ein Kind etwa, mit dem Blasrohr Erbsen auf mich?

Mein Kopf fuhr herum, nach der anderen Seite, von der der Schuss gekommen sein musste. Da sah ich sie und stoppte abrupt. Sie stand an einer Bushaltestelle und wartete. Wahrscheinlich auf den Bus. Ich spürte einen Stich im Herzen. Warum nicht auf mich?

Tick, machte es wieder hinter mir.

Aha, kein Blasrohr. Sie hatte sich nicht gerührt, geschweige denn, sich einer solchen Kinderwaffe bedient. Und da war sonst niemand. Brauchte auch nicht. Sie reichte vollkommen.

Abermals *Tick*.

Nun hielt ich es nicht länger aus. Ich riss den Blick von ihr los und schaute in Richtung des Geräusches. Im ersten Augenblick begriff ich gar nichts. Aber dann bewegte er den Arm mit der Hand, die den Pfeil hielt. Die Spitze berührte die Schaufensterscheibe und es machte *Tick*.

Er lächelte mich unschuldig an aus seinem Kindergesicht, das von goldenen Locken umrahmt war. In der anderen Hand hielt er einen doppelt geschwungenen Bogen, schräg über die Schulter trug er einen Köcher mit weiteren Pfeilen. Sonst trug er nichts.

Tick.

Ja, dachte ich, weiß ich ja nun. Du willst mich auf etwas aufmerksam machen. Aber worauf? Ich fuhr wieder herum und sah sie gerade in den Bus einsteigen, der von mir unbemerkt gehalten hatte. Wieder gab es einen Stich in meinem Herzen. Ich spurtete los. Die Falttüren schlossen sich bereits. Zu spät! Ich drückte verzweifelt den grünen Knopf, der sie gewöhnlich öffnete, aber nichts geschah. Der Bus fuhr an. Durch die Scheiben sah ich sie ein letztes Mal, bis Reflexe auf dem Glas mir den Blick verwehrten. Ich starrte dem Bus nach. Mein Herz war wund.

Und hinter mir machte es unbeirrt *Tick*.

Aspekte

Es regnet. Seit Tagen, gefühlt seit Wochen, immer schon. Bleigrau die Welt. Oben in dem Grau kaum Strukturen. Dicker Nimbostratus tief über dem Land, schluckt das Licht, macht Farben stumpf und trist. Menschen hasten, in schützende Kleidung gehüllt, Schirm dicht über den Kopf, vors Gesicht gezogen. Köpfe gebeugt, Schultern verkrampft. Es zischt, wenn Autos vorbeirollen, Reifen schleudern Wasserschleier. Füße versuchen allgegenwärtige Pfützen zu umgehen, scheitern kläglich. Langsam, unausweichlich kriecht Feuchtigkeit in das Schuhwerk. Kälte. Endlich zu Hause. Tropfenschauer beim Ablegen der Überkleidung. Rasch ein heißes Fußbad eingelassen. Allmählich strömt Wärme durch die Glieder. An den Fensterscheiben Trappeln von Mäusepfötchen, wenn der Wind Tropfen dagegen treibt. Ach, wenn doch nur die Sonne schiene!

Wieder keine Wolken. Tiefes Blau über dürstendem Boden. Wann hat es zuletzt geregnet, vor Monaten, Jahren? Risse überziehen netzartig nackte Erde. Spärliche Vegetation, längst verdorrt, die meisten Wasserlöcher ausgetrocknet. Andere schlammige, trübe Pfützen. Tierkadaver am Wegrand. Brettharte Hautreste an gebleichten Knochen intonieren im Wind schaurige Trommelwirbel. Der Weg zur Hütte weit, so schwer die Füße. Ach, …

Auf dem Fjell

Er war ganz allein auf der Welt.

Wenn er sich umschaute, sah er – nichts. Graues Nichts, korrigierte er sich in Gedanken. Er streckte seinen Arm aus und sah ihn ab Ellenbogen zunehmend verschwinden. Auch seine Füße konnte er nur erahnen, in ihrer unmittelbaren Umgebung, kaum auszumachen, Moos, Flechten, niedriges Gesträuch. Dann wieder nichts. Irgendwo in der Nähe musste sein Schlafsack liegen, wenn er nicht verschwunden war. Vorsichtig tappte er fünf Schritte geradeaus, machte eine möglichst exakte Wendung um neunzig Grad, wieder fünf Schritte, Wendung. Da! Undeutliche Formen zeichneten sich in dem Grau ab, er trat darauf. Weich. Ja. Der Schlafsack war also immerhin noch da. Blödsinn, dachte er. Wo hätte er schon sein sollen? Doch das eintönige, undurchdringliche Grau erzeugte solche Befürchtungen.

Unschlüssig stand er auf seinem Schlafsack und überlegte, was zu tun sei. Er könnte – nun – gar nichts konnte er tun. Zwar wusste er wo er sich befand. In etwa. Auf einer Wanderung in Norwegen, nordwestlich der Stadt Lillehammer, auf dem Fjell. Eine Wegstunde entfernt von einem Gasthof, ein paar Hütten Drumherum. Da war er gestern spätabends losgegangen, in grob nordostwärtiger Richtung. Zuerst auf unbefestigten Wegen, dann auf schmalem Wechsel. Der mochte von Schafen stammen, die hier halbwild den Sommer über weideten. Oder von Kühen. Hatte er auch welche gesehen. Egal. Sein Tagesziel war eine Bergkuppe gewesen, dort wollte er die Nacht verbringen. Na ja, Nacht. Es wurde nicht dunkel. Selbst um Mitternacht blieb genügend Licht. Ungefähr so, wie zu Hause in der Abenddämmerung.

Aber dann hatte sich sein Marsch als unerwartet anstrengend erwiesen. Der Untergrund federte wie Schaumgummi. Wohl von einer dicken Schicht dieses Mooses, das hier überall wuchs und wie isländisches aussah. War es wahrscheinlich auch. Jedenfalls ermüdete das Gehen darauf. Und weil das Wetter schön war und im Grunde egal, wo er ausruhte, war er ein paar Schritt abseits des Pfades in den Schlafsack gekrochen. Niemand kam hier hin. Es war ohne Risiko.

Später, aus tiefem Schlaf aufgetaucht, weil ihn die Blase drückte, verließ er die angenehme Wärme des Schlafsacks um sich zu erleichtern. Dabei registrierte er, dass es kalt geworden war. In nördlicher Richtung, wo die Sonne dicht unter dem Horizont stand, prangte der Himmel in den unglaublichsten Abstufungen von Gelb, Orange und Rot. Schnell schlüpfte er wieder in sein gemütliches Nest zurück und schlief unmittelbar darauf ein. Als er erneut aufwachte, dieses Grau.

Im Gepäck befand sich ein Kompass. So weit so gut. Aber um ihn zu benutzen, brauchte er Landmarken. Die gab es nicht. Gab es schon, hoffte er. Nur blieben sie unsichtbar. Der Pfad. Wieder schaute er umher. Wenn er ihn überhaupt fand, würde es unmöglich sein, ihm zu folgen. Selbst bei klarer Sicht entzog er sich immer wieder dem suchenden Blick. Er gab es auf. Ehe er irgendwohin tappte, womöglich in Sumpf oder gar eines der zahllosen Wasserlöcher, einen der Tümpel und kleinen Seen, sollte er besser wieder in den Schlafsack zurückkriechen und auf bessere Sicht warten.

Doch zuvor holte er zwei Müsliriegel aus seinem Rucksack, dessen Klappe mit dem Parka er als Kopfkissen benutzt hatte

13

und goss sich aus der Thermoskanne einen Becher Tee ein. Langsam mampfte er die Nahrung und trank ab und zu einen Schluck des warmen Getränks. Dabei starrte er in das ihn umgebende Grau, uninteressiert, es schien ohne jede Struktur. Erst nach einer Weile erkannte er Bewegung. Zuerst glaubte er sich zu täuschen. Er strengte die Augen an, fokussierte den Blick auf das Nichts und nahm plötzlich winzige Tröpfchen wahr, in chaotischem Wirbel. Das Schauspiel hielt ihn ein paar Minuten gefangen, bis er bemerkte, dass leichter Schwindel ihn erfasste. Von da an bemühte er sich, den Vorgang zu ignorieren. Stattdessen spitzte er seine Ohren. Zuerst vernahm er keine Geräusche, es schien absolut still. Dann erreichte ihn ein gedämpfter Laut, wie ein Ruf. Menschen in der Nähe? Nein! Da war es wieder. Ein Tierschrei. Wahrscheinlich eine Eule. Einmal glaubte er Glocken zu hören. Vielleicht Schafe in seiner Nachbarschaft. Leittiere trugen eine Glocke am Hals.

Nachdem er seine sparsame Mahlzeit zu sich genommen hatte, machte er es sich wieder im Schlafsack bequem. Eine Zeitlang schaute er in die Höhe. Dort schien das Grau etwas heller. Trotzdem umschloss es ihn, Kokon aus feuchter

Watte. Ein bisschen nahm es ihm den Atem. Keine Panik, mahnte er sich. Plötzlich beschäftigte ihn wieder der Gedanke allein auf dieser Welt zu sein. Nicht nur der einzige Mensch: Das Einzige überhaupt. Er vermochte nichts zu sehen. Keine Bäume, keine Findlinge, keine Landschaft. Wer sagte ihm, dass sie überhaupt noch da waren? Selbst die Erzeuger der geisterhaften Laute. Trolle, dachte er unvermittelt. Ja! Glaubten Norweger nicht, der Fjell wimmele von ihnen? Nicht ernsthaft, natürlich. Nur zum Spaß. Aber immerhin. Trolle pflegten Menschen zu narren, Streiche zu spielen, Schabernack anzutun. Hatten vielleicht sie dieses Grau erzeugt, um ungesehen die Welt zu stehlen? Seine Gedanken begannen zu zerfasern und er dämmerte wieder in den Schlaf hinüber.

Als er das nächste Mal erwachte, sah er über sich blauen Himmel. Er schaute nach seiner Uhr: kurz vor Zehn. Lang hatte er geruht. Er zog den Reißverschluss auf und schälte sich aus den körperwarmen Textilien. Puh, das war immer noch ziemlich kalt. In seiner Thermoskanne musste noch ein Rest Tee sein. Wenn er Glück hatte, war er noch warm. Er probierte einen Schluck. Ja. Nicht mehr heiß, aber es reichte. Aus der Seitentasche des Rucksacks fischte er Brot, Hartwurst und sein Taschenmesser und begann sein kräftiges Frühstück. Wie ein Steinzeitjäger, dachte er und verwarf den Gedanken sogleich wieder. Der hätte kein Schweizer Offiziermesser gehabt. Und Hartwurst? Vielleicht. Während er kaute, bemerkte er seitlich einen Schatten. Er schloss die Augen und öffnete sie wieder. Der Schatten war weg. Doch bald darauf irritierte ihn etwas seitlich in seinem Blickfeld. Er wendete den Kopf und da stand eine Drehbirke, undeutlich aber eindeutig. Ah, es schien also aufzuklaren. Ein Blick in die Höhe bestätigte ihn. Deutlich kräftiger war das Blau geworden. Zugleich meinte er, einen leichten Lufthauch zu verspüren. Und während er wieder auf den Wirbel der feinen Wassertropfen starrte und glaubte, dass sie sich rascher bewegten, tauchte die Drehbirke ganz deutlich aus den grauen Schleiern auf und Sonnenlicht erhellte für einen Augenblick ihre Umgebung.

In der nächsten halben Stunde ging alles ganz schnell. Das Grau lichtete sich, hier, dort, und wieder da, es zeigte Strukturen, Schwaden. Ein Stück Fjell entblößte sich, eine weitere Drehbirke etwas entfernt. Mehr Sonne tauchte hier und dort das Wallen in wohltuendes Licht. Eine leichte Brise kam auf, verwirbelte alles, enthüllte mehr Landschaft. Mehr Sonnenlicht flutete dazwischen. Warm lag es jetzt auf seinem Gesicht. Und dann schien es, als zöge die Natur einen Vorhang beiseite. Noch garniert mit verwehenden Schlieren und größeren, jetzt gleißend hellen Fetzen lag der Fjell vor ihm mit seinen Birken, Kiefern. Hier, nur ein paar Schritt weiter, der Pfad und dort der kleine See, im Hintergrund der gerundete grüne Hügel mit den grauen Steinbrocken, der sein nächstes Ziel war. Von wegen Trolle, murmelte er.

Plötzlich traf es ihn wie ein Blitzschlag.

Dieser Findling, an dem sein Rucksack lehnte. Der war gestern Abend nicht da gewesen! Ganz sicher nicht. Oder doch? Kopfschüttelnd ging er hinüber zu dem Gewässer, machte Morgentoilette. Als er zum Schlafsack zurückkam, packte er seine Siebensachen und brach endlich auf.

Auf der Spur

Da war es wieder! Dieses Geräusch, das ihn stets wohlig erschauern ließ. Tak – tak – tak – tak ...

Ohne lang zu überlegen, wirft er die Decke beiseite und schwingt die Beine aus dem Bett. Dabei streift sein Blick hastig die grün schimmernden Ziffern seiner Armbanduhr. Ja, es ist die richtige Zeit. Geübt schlüpft er im spärlich von einer Straßenlaterne erleuchteten Zimmer in die bereitliegenden Sachen: die Vietkonghose, den langärmligen Pulli, dann Wollsocken und Gymnastikschuhe – alles tiefschwarz. Als er fertig ist, kann er im Spiegel der Schranktür lediglich einen dunklen Schatten erkennen, darüber, heller, das Oval seines Gesichtes. Eine Kommandomaske wäre nicht schlecht. Doch nein, er könnte jemand begegnen, und das würde ihn verdächtig machen. Es muss so gehen.

Rasch verlässt er das Haus, verhält vor der Tür, schaut sich um, lauscht. Nichts, als die geringen Laute der stillen Wohnsiedlung zu dieser späten Stunde. Kein Tak – Tak. Aber das schadete nicht. Sie hielt immer ihre Routine ein. In kurzer Zeit würde er sie eingeholt haben. Nein, nicht ganz, korrigiert er sich selbst. Abstand, er musste Abstand halten, durfte sich keinesfalls zeigen. Wie hätte er ihr je seine Anwesenheit erklären und, falls sie ihn aus der Nähe sah, seinen Aufzug rechtfertigen wollen? Noch muss er Abstand wahren, noch …

Während er flink und völlig lautlos durch den Garten huscht, hinüber zum Bürgersteig, erinnert er sich, wie alles begonnen hatte. Schlaflos wälzte er sich auf seinem Lager, aufgeputscht von sich jagenden Gedanken, die sich nicht bannen ließen. Dann dieses Tak – Tak – Tak. Sofort hatte der noch leise Laut sein Ohr gefangen, seine Aufmerksamkeit beansprucht. Eine Frau! Unverkennbar. Sie trug hohe Absätze oder zumindest Schuhe mit festen Absätzen, und sie ging spazieren. Das verriet ihm ihre Schrittfrequenz. Er warf einen Blick auf die Uhr: halb zwölf. Ungewöhnliche Zeit für einen Spaziergang. Vor allem für eine Frau. *Na, wenn schon,* hatte er gedacht, *die Gegend ist sicher, sollte man jedenfalls meinen.* Das Tak – Tak wurde lauter, schien sein Haus zu passieren und klang wieder ab. Er lauschte hinterher. Und da bemerkte er plötzlich,

problemlos ein. Aber nun ist er hier, auf nachtdunkler Straße, die in regelmäßigen Abständen von Laternenschein aufgehellt wird. Irgendwo dort vorn ging die Frau, von der er inzwischen ziemlich viel weiß. Denn ein paar Tage später – er war noch nicht zu Bett gewesen – hatte ihn erneut das Tak – Tak elektrisiert. Er hatte sich wie ein Einbrecher getarnt und war ihr gefolgt. Vorsichtig und mit weitem Abstand. Und dann noch mal und noch mal, immer wieder. Viele Male inzwischen.

Nie hatte er sie angesprochen, sich nie gezeigt. Anfangs verlor er sie zuletzt aus den Augen. Doch bald fand er heraus, in welchem Haus sie verschwand. Er beobachtete es unauffällig, konnte ihren Namen ermitteln. Er wählte am Telefon ihre Nummer, vernahm ihre Stimme und legte stumm wieder auf. Sie hörte sich völlig normal an, nett, aber in keiner Weise aufreizend. Er wusste, wo sie arbeitete und dass sie allein lebte. Und sie war ganz gewiss keine Traumfrau, wenn es denn eine solche überhaupt gab. Vielmehr war sie durchschnittlich hübsch, ganz gut proportioniert, mittelgroß, aschblond und um die Dreißig. Was strahlte sie nur aus, das ihn immer wieder veranlasste, sich wie ein Strolch zu verhalten und ihr verstohlen zu folgen, sooft er sie auf ihrem nächtlichen Weg aufspürte und er nicht verhindert war?

So wie heute. Sorgfältig bedacht, von niemand bemerkt zu werden, bewegt er sich von Dunkelzone zu Dunkelzone. Hält immer wieder inne, lauscht. Dann schallt wieder das Tak – Tak ihrer Absätze an sein Ohr, noch entfernt. Er verkürzt den Abstand, sieht ihr undeutliches Abbild endlich vor sich, heftet sich an ihre Fersen. Unsichtbarer Jäger eines ahnungslosen Wildes. Er weiß, er wird den letzten Schritt tun. Nicht heute, irgendwann, wenn die Zeit reif ist.

Bär

Hercules sei tot, hab ich in meiner Zeitung gelesen. Nein, nein – nicht der antike Sagenheld. Von dem weiß man ja nicht einmal, ob er wirklich gelebt hat. Und wenn doch, wäre er jetzt ein paar tausend Jahre überfällig gewesen.

Hercules wurde nur Fünfundzwanzig. Ich weiß nicht, ob das alt ist für einen Bären. Ja, Hercules war ein Bär. Ein Grizzly, genauer gesagt. Der erfolgreichste britische Filmbär. Immerhin war sein Ende – ob nun früh oder nicht – den Medien eine Meldung wert. Das kann nicht jeder Mensch von sich sagen.

Natürlich hat er nichts davon, jetzt, da er sowieso tot ist. Hätte er auch sonst nicht gehabt. Dass er in zahllosen Werbespots und Spielfilmen auftrat: was hat es ihm genützt? Nicht einmal Roger Moore durfte er ordentlich beißen, als er mit ihm in dem James-Bond-Film Octopussy kämpfte. Freilich nur zum Schein. Bestimmt hat er das Titelblatt des Time-Magazins geziert, mit seinen zwei Meter fünfzig. Aber ob er das überhaupt wusste?

Da wird er sich schon eher an die Begegnung mit Lady Thatcher erinnert haben. Tiere haben ein feines Gespür und die Dame besitzt eine schlechte Ausstrahlung. Also wieder nichts! Wie das Telegramm von US-Präsident Ronald Reagan. Vermutlich litt der damals schon an seinem Alzheimer und befand sich damit in guter Gesellschaft der Macher des schottischen Fremdenverkehrsverbandes. Die waren sich nicht zu blöd, ihn zur Persönlichkeit des Jahres zu ernennen. Den Bär.

Dabei hätte sich Hercules oder wie immer sein wirklicher Name in bärisch gewesen sein mag mit Sicherheit lieber anderen Beschäftigungen hingegeben. Dem Lachsfischen in seiner nordamerikanischen Heimat zum Beispiel. Wobei natürlich nicht auszuschließen ist, dass er in Gefangenschaft geboren wurde und Nordamerika gar nicht kannte. Darüber sagt die Pressenotiz nichts. Trotzdem: manche Dinge stecken einfach in einem Bären. Eben Lachsfischen. Oder Wildbeeren naschen, ebenso wie Honig stehlen. Mit einer wilden Grizzlydame herrliche raue Liebesspiele spielen. Kalte Winter in einer zünftigen Höhle verschlafen. Solche Sachen halt.

Na ja, immerhin trug er keinen Ring durch die Nase. Wahrscheinlich quälte ihn auch niemand, damit er auf Jahrmärkten täppische, tanzähnliche Bewegungen vollführte. Aber bedauern darf man ihn trotzdem. Ein Geschöpf der Wildnis – ein Filmstar.

Und jetzt ist er tot.

Baum des Jahres

Gerade habe ich es erfahren: Die Rosskastanie ist der *Baum des Jahres 2005*.

Grund zur Freude oder eher zum Gegenteil?

Nun, erfreulich finde ich die Kür schon. Schließlich ist die Kastanie ein beachtlicher Baum. Er kann bis zu 30 Meter hoch und 300 Jahre alt werden. Man stelle sich nur mal vor, was so alte, stattliche Kastanien während ihrer Lebensspanne alles gesehen und erlebt haben. Oder hätten haben können. Denn leider sind sie – so ist das nun mal mit Bäumen – in ihrer Mobilität stark beschränkt. Gleichwohl bleiben sie Zeitgenossen, ob vom Alten Fritz, der französischen Revolution, des amerikanischen Unabhängigkeitskrieges oder wer weiß wessen.

Die Kastanie ist ein schöner Baum. Ihr mächtiger Stamm, die starken Äste, das üppige Laubwerk fünffingeriger Blättern, die Pracht ihrer weißen oder roten Blütenkerzen erfreuen gewiss das Auge dessen, der für derartige Schönheiten offen ist. Nicht umsonst gibt es kaum einen

Park, in dem die Kastanie nicht vertreten ist. Auch anderswo. An Alleen und auf den unterschiedlichsten Plätzen ist sie beliebt, als Augenweide wie als Schattenspender. Was wären Bayerns Biergärten ohne sie?

Und ihre Früchte! Wenn im Herbst die grünen Stachelkugeln bersten und ihren wunderschön marmorierten Inhalt freigeben, freuen sich nicht nur Kinder. Vom bloßen Sammeln bis hin zum Basteln vielfältiger kleiner Kunstwerke bieten Kastanien schier unbegrenzte Möglichkeiten. Auch so manches Tier weiß das reiche Angebot als Nahrung und Wintermast zu schätzen.

Bedeutend sind ebenso Wirkstoffe, die Früchte und Baum enthalten und die zur Herstellung von Medikamenten, Kosmetika und Farben dienen. Wenige andere Pflanzen können da mithalten.

Auf der anderen Seite hat das Prädikat *des Jahres* allzu oft einen wehmütigen Beigeschmack, sei es nun einem Baum, einer Blume, einem Vogel oder wem auch immer zugeordnet. Bedeutet es doch, dass sein Träger selten geworden und in der Existenz seiner Art gefährdet ist. Nichts anderes bewegt die Organisationen, die über die Vergabe entscheiden, als das Sinnen vieler Menschen auf eben diese Tatsache zu richten, um – vielleicht – doch eine Wende zu erreichen.

Ist in den allermeisten Fällen die vorgebliche *Krone der Schöpfung* selbst für die Misere verantwortlich, so liegt dieser Trauerfall anders. Ein zartes Wesen, ein Kleinschmetterling namens *Miniermotte* ist der Bösewicht. Von ihrem Ursprungsland Mazedonien, zugleich eines der Herkunftsländer der Rosskastanie, hat sie sich im Laufe der Zeit über ganz Mitteleuropa ausgebreitet und bedroht – selbst ohne natürliche Feinde – den stolzen Baum, indem sie seine Blätter zerfrisst. Doch warum erst jetzt, nach tausenden und abertausenden Jahren?

Bob und Ben, ein Fahrrad und der wilde Westen

Der Mann sitzt auf der Bank in der Sonne. Daneben, an einem jungen Baum, lehnt sein Fahrrad. Ein paar Meter weiter spielen Kinder ein undurchschaubares Spiel, während ihre Mütter auf einer Decke auf dem Rasen von einem lebhaften Gespräch völlig gefangen sind. Einer der Knirpse löst sich aus der Kinderschar und rennt auf den Mann zu.

„Peng!", der ausgestreckte kleine Zeigefinger spuckt Tod und Verderben, der Mann greift sich stöhnend an die Brust und sackt zusammen.

„Bist du jetzt tot?"

Der Knirps scheint erschrocken.

„Nein", lacht der Mann und richtet sich auf. „Du hast ja keine richtige Pistole".

„Doch", schreit der Kleine, „hab ich doch, und ich bin ein Cowboy".

„Aha", sagt der Mann, „dann bist du aus dem wilden Westen?"

„Nee!". Das Bürschchen ist entsetzt über so viel Unwissen. „Ich bin aus der

Uhlandstraße". Und er zeigt willkürlich mit dem Pistolenfinger schräg in die Luft. „Wo ist der wilde Westen?"

„Hm", brummt der Mann, „in Amerika. Der wilde Westen *war* in Amerika, aber den gibt es dort längst nicht mehr".

„Och", bedauert der Kleine, „und wo ist er jetzt?"

Der Mann kratzt sich nachdenklich hinter dem Ohr.

„Tja", sinniert er dann, „wenn ich es mir so überlege: Der wilde Westen ist *überall*".

„Überall", staunt der Bub und schaut sich neugierig um. „Ist er auch hier?"

„Ja, weißt du, der wilde Westen ist überall, wo die Menschen sich nicht an Gesetze halten. Das kann auch hier sein".

„Was ist Gesetze?", folgt sofort die nächste Frage.

„Das verrate ich dir gleich", verspricht der Mann. „Jetzt sagst du mir erst mal, wie du heißt".

„Benjamin", verkündet der Knirps bereitwillig. „Wie heißt du?"

„Ich heiße Robert", antwortet der Mann. „Wenn wir jetzt im wilden Westen wären, dann wäre mein Name Bob und du hießest Ben".

„Ha", schreit Benjamin aufgeregt. „So sagt der Pappi immer zu mir. Die Mammi sagt Benjamin. Hält der Pappi die Gesetze?" Er erinnert sich: „Was ist Gesetze?"

„Ja, also", beginnt Robert, „Gesetze sind Regeln, die die Menschen machen".

Aber damit hat er Pech.

„Was ist Regeln?"

Robert blickt hilflos um sich. Sein Blick fällt auf das Fahrrad.

„Dann pass mal auf. Du weißt bestimmt, was eine Straße ist".

„Na klar, das weiß doch jeder", meint Benjamin altklug.

„Gut", setzt Robert den Gedanken fort, „auf einer Straße fahren Autos, Motorräder und Fahrräder. Die Autos sind sehr groß und schnell und die Fahrräder ziemlich klein und langsam. Und das ist gefährlich. Wenn ein Auto gegen ein Fahrrad prallt, kann der Radfahrer arg verletzt werden oder sogar tot sein. Deshalb gibt es Straßen, auf denen nur Fahrräder fahren dürfen. Das ist eine Regel und man nennt es auch Gesetz. Hast du das verstanden?"

Benjamin ist beeindruckt und nickt.

„Siehst du", fährt Robert fort, „so eine Fahrradstraße heißt auch Radweg. Wenn dort Autos fahren, weil die Fahrer sich

31

nicht an das Gesetz halten, dann ist dort der wilde Westen."

Aus der Mütterschar tönt ein lautes *Benjamin*!

„Tschüss", schreit der und rennt weg.

Brücken über den Fluss

Es war ein Respekt gebietender Fluss.

Schnell und gewalttätig strebte er seinem Ziel zu, dem sich Verlieren in einem Größeren. Er nahm seinen Ursprung in den schroffen Felsenbergen und verkündete seine Herkunft aus Gletschereis durch die leuchtend grüne Färbung seiner Wasser. Gleichgültig trennte er auf seinem eiligen Lauf Länder und Menschen. Die ihrerseits verstanden die Trennung nicht als unabänderliches Schicksal. Sie überwanden den Fluss mit Brücken. Zwei waren es in der kleinen Stadt, in der ich lebte.

Die eine spannte sich breit auf kürzestem Weg zum anderen Ufer und trug auf ihrem Rücken die Straße. Die zweite querte das Bett in einer langen Schräge. Gefangen in ihrem Gitterwerk fauchten Züge in die eine oder andere Richtung, wie Raubkatzen im Zirkus durch den Lauftunnel. Der Fluss ertrug beide scheinbar ergeben, doch von Zeit zu Zeit wüteten seine Fluten gegen die Pfeiler, nagten sichtbar an den Fundamenten, rammten entwurzelte Stämme an die Konstruktion und machten deutlich, dass er auf eine Gelegenheit lauerte, sich ihrer zu entledigen. Sie ergab sich bald und auf eine Art und Weise, für die der Fluss nicht verantwortlich zu machen war. Pioniere der Wehrmacht sprengten beide Brücken in zwei fetzenden Detonationen, um die siegreichen Amerikaner zu hindern, vom anderen Ufer herüber zu kommen und der Fluss nutzte rücksichtslos seine Chance und verschlang gierig alles, dessen er habhaft werden konnte. Über den Trümmern, die er auf seinem unebenen Grund als Hindernisse verkeilte, brauste und schäumte er wütender als zuvor.

Jedoch schon nach kurzer Zeit musste er sich um seinen Erfolg schmählich betrogen sehen. Eben jene Amerikaner, deren Übergang die Sprengungen zu verwehren trachteten, beschossen die Stadt mit ihren Geschützen, schufen so eine luftige Brücke, über die sie Granate um Granate als tödliche Fracht herüber sandten, bis die Besatzung kapitulierte, die Stadt in weißem Tuch ihre Unterwerfung kund tat, eine bange Braut. Sie zwangen dem Fluss in nur einer Nacht eine Kriegsbrücke aus schwankenden Schlauchbooten auf, die alsbald endlose Kolonnen von Soldaten und Fahrzeugen überquerten und sich an das südliche Ufer ergossen.

Ein paar Tage nahm es der Fluss anscheinend gelassen hin. Dann schlug er des Nachts heimtückisch zu und zerfetzte die Brücke mit beispielloser Wildheit, riss ihre Teile mit sich fort. Der nächste Morgen fand nicht nur das ameisenhafte Treiben auf der dünnen Verbindungsader unterbunden. An dem Pfeiler der Eisenbahnbrücke, der dem südlichen Ufer am nächsten gleich einem verrotteten Zahnstumpf der zornigen Strömung sinnlos trotzte und der ein Gewirr von verbogenen und zerschmetterten Eisenträgern um seinen Fuß gesammelt hatte, wie ein unordentliches Nest, tanzte der Körper eines ertrunkenen Soldaten in dem Schwall, auf und ab, in einem nicht enden wollenden eintönigen Tanz.

Menschen, die der zahllosen Toten des Krieges müde, auf ein fremdes Ende sonst abgestumpft reagierten, versammelten sich am Ufer, hielten dem tanzenden Leichnam eine Totenwache, der, seinerseits ein nimmermüder Posten, die zerstörte Brücke bewachte. Über Tage hinweg erfuhr er mehr Aufmerksamkeit, als er zu Lebzeiten jemals gehabt haben mochte. Für mich war es das erste Mal, dass ich dem Tod gegenüber stand, unheimlich und faszinierend zugleich. Aber er kam mir nicht nahe, blieb in sicherer Entfernung, erzwang sich nicht einmal Eingang in meine Träume.

Das Wasser und die Sonne färbten das Gesicht des Toten schließlich schwärzlich. Mitleidige Menschen versuchten ihn aus seiner ausweglosen Lage zu befreien. Vergeblich, zu ungebärdig gab sich der Fluss. Als er sich endlich etwas mäßigte, war der Tote über Nacht verschwunden. Von seinen Kameraden heimgeholt, vom Fluss auf eine weite Reise mitgenommen oder schließlich zur letzten Rast auf den kühlen Grund gesunken – es blieb verborgen. Doch er wohnt namenlos in meinem Gedächtnis.

Die Amerikaner trotzten dem Fluss in kürzester Frist eine neue Kriegsbrücke ab und er nahm sie vorerst resignierend hin.

Der letzte Tag

Es war *der* Tag – sein letzter.

Noch 24 Stunden bis zur Hinrichtung. Morgen früh, kurz vor 8 Uhr, würden ihn die Büttel aus dem Kerker schleppen, hinaus auf den Richtplatz, die wenigen Stufen auf das Schafott. Dort würde der Henker auf ihn warten, der Richtblock und das Beil. Und dann, unter Trommelwirbel, würde der Scharfrichter ihm den Kopf abschlagen.

Natürlich nicht wirklich. Soweit konnte das Spiel nicht gehen. Dieses Spiel, das er über eine lange Zeit erwogen hatte, dann geplant und das er jetzt, mit diesem Schritt, zu spielen begann.

Er gab sich einen Ruck, um durch den Mauerdurchgang in die Dunkelheit des Kerkers zu treten, fühlte aber, bevor er sich selbst in Bewegung setzen konnte, einen ziemlich heftigen Stoß zwischen die Schulterblätter und stolperte überrascht voran. Sobald er wieder das Gleichgewicht gefunden hatte, blieb er stehen, um seine Augen an die neuen Lichtverhältnisse anzupassen und fuhr unversehens zusammen: Die schwere Bohlentür war hinter ihm zugekracht. Er vernahm ein unangenehm schleifendes Geräusch und einen dumpfen metallischen Klang, als der Riegel zugeschoben wurde und in seiner Endstellung einrastete. Schritte entfernten sich, verebbten. Er war allein.

Allmählich vermochte er seine Umgebung zu erkennen, schemenhaft zuerst, dann zunehmend deutlicher. Er befand sich in einem fast quadratischen Raum mit gewölbter Decke. Die Wände grobes Mauerwerk aus behauenen Steinen. Der Tür gegenüber durchbrach ein Luftschacht die dicke Außenmauer, öffnete sich zum Kerker auf ein Rechteck von gut doppelter Schulterbreite, während es sich nach außen auf vielleicht 20 cm im Geviert verengte. Kein Entkommen möglich. Durch diese Öffnung bezog der Raum sein einziges Licht. In einer Ecke hatte jemand eine Garbe Stroh aufgeschnitten und nachlässig verteilt. Das war alles.

Er wandte sich um, zur Tür und unterzog sie einer Musterung. Grob gehobelte Bretter, die die Zeit geglättet hatte. Zwei Handbreit über dem Boden, der aus festgetretenem Lehm bestand und sich unter seinen Sohlen bucklig anfühlte, zog sich eine gleichmäßige Reihe dicker eiserner

Nagelköpfe, das Gleiche zwei Handbreit unter dem Türstock. Von links unten nach rechts oben komplettierte eine weitere Reihe solcher Köpfe das Ganze zu einem Z. In der Mitte der Tür, etwas unter Augenhöhe, gewährte ein quadratischer Ausschnitt, etwa so groß wie ein Taschentuch, Durchblick, der mit zwei daumendicken Eisenstäben gesichert war.

Er trat nahe an die Öffnung, umfasste die Stäbe mit beiden Händen und schaute hinaus. Ein kühler Luftzug schlug ihm entgegen. Sehen konnte er in der diffusen Dunkelheit nichts.

Er ließ die Stäbe wieder los und wandte sich erneut um. Unentschlossen stand er eine kleine Weile regungslos, dann seufzte er, ging in die Ecke, in der das Stroh lag und ließ sich zu Boden sinken. Die Unterlage schien ihm ziemlich hart. Da war er nun. Er ließ seine Gedanken schweifen.

Vor langer Zeit hatte er über die Hinrichtung Maria Stuarts gelesen. Der Bericht, er mochte in den Details historisch belegt sein oder nicht, ließ ihn in seiner Schauerlichkeit nie mehr los. Immer wieder hatte er sich den Kopf zermartert, was ein Mensch fühlen, denken, erleben mochte, dem derartiges widerfuhr. Die Gedanken hatten ihn abgestoßen, aber auch fasziniert. Bis er schließlich den Entschluss fasste, sich ein genaueres Bild davon zu machen, indem er den letzten Tag bis zum grausamen Ende am eigenen Leib erfuhr. Was er mit der Erfahrung anfangen würde – er wusste es selbst nicht.

Einen geeigneten Ort für seinen Plan hatte er nach einigen Recherchen gefunden. Die kleine Zitadelle, auf die er stieß, schien ideal. Lange Zeit hatte sie als Gefängnis gedient, auch Hinrichtungen waren dort bis zum Ende des 19. Jahrhunderts vorgenommen worden. In einem Ausstellungsraum konnten neugierige Besucher die Geräte und Einrichtungen begaffen, die zur Beförderung von Unglücklichen aus diesem Leben gedient hatten: das breite, schwere Henkerbeil, den Richtblock mit seiner abgeschrägten Seite, verschiedene Kleidungstücke, die zur Berufstracht der Henker gehörten und ein flaches Podest, auf das drei Stufen hinaufführten.

Der Kustos, dem er seinen Wunsch vortrug, hatte zunächst nicht begriffen, was er da von ihm verlangte. Doch einige Überredungskunst, ein erklecklicher Geldbetrag als Entlohnung und nicht zuletzt eine eidesstattliche Erklärung, dass er eine authentische Hinrichtung durch das

Beil möglichst weitgehend erleben wolle und dafür auch die alleinige Verantwortung trug, hatten schließlich zum gewünschten Ergebnis geführt.

Nun also. Was fühlte er an seinem letzten Tag? Zum xten Mal rekapitulierte er alles, was er über den makabren Vorgang wusste, lauschte aufmerksam in sich hinein. Er spürte durch das Stroh hindurch die Kühle des Bodens, fühlte mehr und mehr seine Unbequemlichkeit. Aber sonst war da nichts. Und er wusste zugleich, dass sich das auch nicht ändern würde. Denn am Morgen, wenn die vereinbarte Zeit um war, würde man ihn entlassen, unversehrt. Er würde gehen und hätte nichts erfahren, außer, dass er Geld und einen wertvollen Tag verschwendet hatte. Das Ganze war ein dummer Fehler.

Er begann zu rufen.

Er rief und trommelte an die Tür. Ohne jeden Erfolg, außer, dass er seine Kehle strapazierte. Die Zeit begann ihm lang zu werden. Gedankenlos schaute er nach seiner Uhr, nur um sich zu erinnern, dass er sie abgelegt hatte. Das gehörte zu Spiel. Und hier nun machte er doch eine Erfahrung, die auch Delinquenten in ähnlicher Weise erlebt haben mochten, nur unter ganz anderen Voraussetzungen. Während sich ihm die Zeit dehnte, weil er sich langweilte, weil er bald nicht mehr wusste, wie er stehen, sitzen oder liegen sollte und er zu frösteln begann, musste sich jenen all das bis zur Unendlichkeit vervielfacht haben, was er nicht empfinden konnte: Angst, Grauen, Panik, Verzweiflung.

Er versuchte dem zu entgehen, indem er schlief. Doch er blieb hellwach. Und obwohl ihn diese Tatsache der Chance beraubte, den Qualen der Langweile zu entgehen, gewährte sie ihm eine weitere Einsicht. Vermutlich hatte der Schlaf auch die unseligen Gefangenen gemieden, die tatsächlich ihrem letzten Stündlein entgegen sahen.

Irgendwann, nach einer scheinbaren Ewigkeit, schien ihm das Licht weniger zu werden, das durch die spärliche Öffnung fiel. Eine Weile glaubte er, seine Sinne narrten ihn, doch bald stellte er ohne jeden Zweifel fest, dass die Nacht gekommen war. Er konnte in seinem Verlies nichts mehr sehen. Tiefe Dunkelheit umfing ihn. Zugleich raschelte es in seiner Nähe. Ob es hier Ratten gab? Der Gedanke brachte ihn auf die Beine. Er streckte die Arme aus und ging tastend geradeaus, bis er an eine Wand stieß. Dort wandte er sich um und ging erneut los, bis er wieder anstieß. Diese Gänge durch das Nichts hatten etwas Fürchterliches. Obwohl er wusste, dass keine Öffnung im Boden war, fürchtete er doch, abzustürzen, und der Weg von Wand zu Wand schien immer länger zu werden. Schließlich tastete er sich nur noch an den Wänden entlang und registrierte jedes Mal, wenn er über sein Strohlager schlurfte, die Tür ertastete oder den Luftschacht. Das schien erträglicher.

Er konnte nicht sagen, wie lang er so getappt war, als seine Ohren plötzlich ein Geräusch auffingen. Er hielt an, lauschte. Da, wieder! Und dann sah er unvermittelt wieder. In der Richtung, in der er gelauscht hatte, zeichnete sich ein schwaches Rechteck ab, geisterhaft in der Mitte der Dunkelheit. Es wurde heller und er begriff, dass sich jemand mit einer Fackel nähern musste. Nun hörte er auch Schritte, die endlich vor seiner Zellentür verharrten. Hastig näherte er sich der Tür, griff die Gitterstäbe und bat so ruhig, wie möglich, man solle öffnen, ihn herauslassen, er habe genug erfahren, es reiche ihm.

Von draußen kam nur ein resigniertes Murmeln, dass das schließlich alle wollten: raus. Aber das habe ein bloßer Wärter nicht zu verantworten.

Stattdessen gab es ein neues Geräusch. Zu seinen Füßen öffnete sich eine Klappe, die er bis dahin nicht wahrgenommen hatte. Weiteres Licht fiel hindurch und dann sah er in der ungewissen Beleuchtung, dass jemand einen Krug und einen verbeulten Blechteller durch die Öffnung schob. Die Klappe schloss sich sogleich wieder und Schritte entfernten sich.

Er trommelte an die Tür und schrie, man solle das Spiel endlich beenden. Nichts weiter geschah und er merkte, dass er wieder allein war. Aber das flackernde Licht blieb. Er mühte sich hinauszuschauen und erkannte, dass der Wärter eine Fackel in Wandhalter gesteckt hatte.

Eine Zeitlang versuchte er sich noch mit Schreien und an die Tür trommeln, was aber beides zu keinem sichtbaren Erfolg führte. So gab er es auf und wandte sich dem Krug und dem Teller zu. Der Erstere enthielt – was hatte er anderes erwartet – pures Wasser, während auf dem Blechteller ein Kanten Brot lag. Lustlos verspeiste er das Brot und spülte mit dem Wasser nach. Dann hockte er sich in die Ecke auf das Stroh und brütete vor sich hin. Wenigstens war es nicht mehr stockfinster in der Zelle, aber die Kühle der Wände und des Bodens, dazu ein unangenehmer Luftzug ließen ihn mehr und mehr frösteln. Er schlug die Arme um den Oberkörper. Irgendwann schlief er ein.

Als er erwachte, war die Kerkerzelle hell von zwei Fackeln, die in Wandhaltern steckten, die er bis dahin noch nicht ausgemacht hatte. Vor ihm, in der Nähe der Tür stand eine Gestalt. Er blinzelte verschlafen und überrascht und realisierte allmählich, dass es sich um einen Mönch handelte. Ob er sein Gewissen erleichtern und beten wolle, fragte der ihn. Er solle verschwinden, das Spiel sei zu Ende und er werde jetzt gehen, gab er zur Antwort. Der Mönch machte ein Kreuzzeichen in die Luft, wandte sich um und pochte an die Tür. Sogleich öffnete sie sich, der Mönch schlüpfte hinaus und ehe er sich in seiner Ecke erheben konnte, war sie bereits wieder geschlossen.

Wenigstens bemühten sie sich um Authentizität gestand er sich widerwillig ein, wenn sie es inzwischen auch übertrieben. Immerhin hatte er seinen deutlichen Willen geäußert, den Unsinn zu beenden. Doch die Nacht würde bald vorüber sein und damit das Ende dieser Farce. Ein schwacher Trost.

Tatsächlich quälte er sich eine weitere Zeit, die er nicht ermessen konnte, mit

Langeweile, Kälte und Müdigkeit, ehe erneut etwas geschah. Diesmal schallten feste Tritte, kamen näher, hielten. Die Tür schwang auf und zwei kräftige Männer kamen herein, die sogleich auf ihn zugingen, ihn unsanft von seinem kümmerlichen Lager hochzogen. Ehe er es sich versah, hatten sie ihm geschickt die Hände auf dem Rücken gefesselt. Er versuchte sich zu sträuben, doch vergebens. Sie packten ihn und eskortierten ihn aus der Zelle, die schon bekannten Gänge hinaus und gelangten schließlich in den Ausstellungsraum.

Mehrere Fackeln erhellten eine groteske Szene. In der Mitte das Schafott mit dem Richtblock. Daneben stand bewegungslos eine stattliche Gestalt, deren Anblick ihm einen Schauder über den Rücken jagte. Der Scharfrichter trug kurze Stiefel und eine enge Hose, die von einem breiten Gürtel gehalten wurde. Der Oberkörper war nackt. Auf dem Kopf saß eine Kapuze. Alle Kleidungsstücke in tiefem Schwarz. In seiner rechten Hand hing drohend das Beil.

Die Büttel zerrten ihn, der sich dagegen stemmte, zum Schafott und die drei Stufen hoch. Dann standen sie vor dem Richtblock. Danke, es reiche, sagte er hastig, es sei alles sehr echt gewesen, aber man könne jetzt aufhören. Er habe genug.

Stattdessen erschien ein weiterer Mann, der sich vor ihm aufpflanzte und von einer Papierrolle ein Todesurteil ablas, das er wie im Traum vernahm. Die werden doch nicht ernst machen, dachte er, nein, das können sie nicht tun. Das ist lächerlich. In welcher Zeit sind wir denn!

Doch die Büttel drückten ihn auf die Knie und als er sich zu wehren suchte, hoben sie einfach seine gefesselten Hände so weit an, bis er vor Schmerz keinen Widerstand mehr leisten konnte. Sie drückten seinen Hals auf den Richtblock und dann hörte er ein unheimliches Sausen....

Die junge Frau auf der Parkbank sah verblüfft dem Mann nach, der sich gerade erhoben hatte und in Richtung Stadt entfernte. Langsam entspannte sie sich, ihr Atem ging ruhiger. Das war ein merkwürdiger Mensch gewesen, ruhig, freundlich, offensichtlich gebildet. Sie hatten sich über das Wetter unterhalten, über dies und das. Ein nettes, anregendes Gespräch. Und dann hatte er sich erhoben, gesagt, er müsse jetzt gehen. Er habe leider seinen Kopf verloren und den müsse er suchen.

Die Leiden des alten Herter

Wie konnte ihm das passieren?

Er war so zuversichtlich gewesen. Freilich, am Anfang hatten seine Versuche dilettantische Ergebnisse gezeitigt. Aber mit einer guten Portion Hartnäckigkeit – der Richter würde es später kriminelle Energie nennen – und einiger Übung waren die Resultate von Mal zu Mal besser geworden. Am Schluss war er selbst überrascht gewesen, wie einfach es im Grunde war. Und jetzt das!

Da hockte er nun, in diesem schäbigen Flur der Grenzstation, auf einem wackeligen Stuhl, atmete die ranzige Luft ein, die ein übles Gemisch aus Tabakrauch, Schweiß und Frust war und sah einer ungewissen Zukunft entgegen.

Was mochte ihn erwarten? Gefängnis? Das wäre fatal. Vielleicht mit Bewährung. Etwas besser. Oder eine Geldstrafe. Immer noch schlimm genug. Auf jeden Fall wäre er vorbestraft. Was sich daraus alles ergeben mochte, stand in den Sternen.

Und alles wegen Konstanze.

Ja, sie und nur sie hatte ihn in diese Situation gebracht. Ihre altjüngferliche Verweigerung. Nicht, dass er scharf auf sie gewesen wäre. Das war längst vorbei. Aber ein Mann durfte schließlich erwarten, was er von Natur aus brauchte. Wenigstens hin und wieder. Aber nichts. Nicht mit Konstanze.

Dabei konnte sie früher nie genug kriegen. Früher, als sie jung und ansehnlich gewesen und nicht in die Breite gegangen war, wie ein Ackergaul. Die Jahre ließen sie immer zickiger werden, dauernd rannte sie in die Kirche und faselte von Sünde, wenn ihn das Verlangen plagte. Gut, auch er war abgekühlt. Trotzdem blieb er ein Mann, und ab und zu ...

Doch Konstanze gab sich unzugänglich. Seit Monaten schon. Zuerst war er verärgert gewesen, dann verzweifelt. In seinem Kopf hatten sich die abwegigsten Ideen getummelt. Sie rangierten von Scheidung bis Vergewaltigung. Ein gangbarer Weg war nicht dabei. Trennung von Konstanze kam nicht in Frage. Sie besaß das Geld. Und um jemand zu vergewaltigen, hatte er zu viel Angst. Ganz davon abgesehen, dass er nicht der Kräftigste war. Alle anderen Möglichkeiten verboten sich aus diesem oder jenem Grund.

So hatte er gelitten. Es war ausweglos gewesen, bis – ja, bis zu jenem Ausflug über die nahe Grenze in das benachbarte Tschechien. Da waren ihm schier die Augen übergegangen, kaum dass sie den Schlagbaum passierten. Gleich im nächsten Ort hatten sie gestanden, provozierend am Straßenrand. Blonde und Dunkle, Brünette und Rote, Schlanke und Mollige, Jüngere und Ältere. Alle einladend gekleidet und mit ihren Reizen lockend. Ein Augenschmaus!

Sofort fühlte er zehrendes Verlangen. Ganz unruhig wurde er, so dass Konstanze ihn scharf anblaffte, er solle seine Augen auf der Straße lassen und auf den Verkehr achten. Aber genau den hatte er ja im Sinn. Seine Gedanken überschlugen sich in dem Bemühen, eine Ausrede zu erfinden, mit der er Konstanze für eine knappe Stunde loswerden konnte. Es wollte ihm nichts einfallen. Schließlich schlug er vor, sie solle einen Schaufensterbummel unternehmen. Er wolle so lang ein Bierchen trinken.

Höhnische Gelächter war die Antwort gewesen, Spott. Wo denn hier Schaufenster seien. Und wenn, was es da zu sehen gäbe. Im Übrigen könne er sich das Bier aus dem Kopf schlagen. Sie denke nicht daran, sich von einem Trunkenbold chauffieren zu lassen.

Wut hatte ihn gepackt. Nun war er also zum Dienstboten herabgesunken. Seine Gedanken begannen um Mord zu kreisen. Aber rasch vergaß er diese finsteren Pläne wieder und wandte sich angenehmeren Vorstellungen zu. Ein paar ganz tolle Puppen waren da dabei gewesen. Manche noch halbe Kinder. Sein Verlangen regte sich unübersehbar. Er musste eine Möglichkeit finden, zu seinem Recht zu kommen.

Während dieses Ausflugs wurde nichts daraus. Als hätte Konstanze etwas geahnt, klammerte sie zäher als je zuvor und ließ ihn keinen Moment aus den Augen. Frustriert war er wieder nach Hause gekommen, abgespannt, unbefriedigt, aber mit wirren Phantasien im Kopf. Später konnte er nicht einschlafen. Verführerische Brüste spukten durch seine Gedanken, atemberaubende Hinterteile, lockende Schenkel. Er steigerte sich so in seine lüsternen Gedanken, dass er unbedingt Erleichterung brauchte.

Mitten drin machte Konstanze das Licht an.

„Was tust du da?", keifte sie ihn an. „Also das ist ja wohl die Höhe! Da liegt das Schwein neben mir im Bett und ... und ..." Hochrot im Gesicht verstummte sie.

Er fühlte sich jämmerlich. Nicht nur, dass er sich schämte. Sie hatte ihn auch unterbrochen. Wortlos packte er die Bettdecke und schlurfte aus dem ehelichen Gemach, von ihrer keifenden Stimme verfolgt. Den Rest der Nacht verbrachte er in unruhigem flachem Schlaf auf dem Sofa im Wohnzimmer.

Beim Frühstück war die Stimmung mies. Er schwieg hartnäckig und sie überhäufte ihn mit Beschimpfungen und Vorwürfen. Schließlich war er glücklich, das Haus zu verlassen und zur Arbeit gehen zu können. Das würde ihn ablenken. Den ganzen Vormittag war er nicht richtig bei der Sache. Seine Gedanken weilten jenseits der Grenze. Mittags nahm er lustlos sein Essen in der Kantine ein und wusste hinterher kaum, was er verzehrt hatte.

Der Nachmittag brachte die Rettung.

Der Dierdorfer, der den Arbeitsraum mit ihm teilte, flachste ihn gutmütig an und fragte, was denn sei. Er sähe gar zu elend aus. Ob seine Alte ihn rausgeworfen habe. Da offenbarte er sich. Es strömte aus ihm heraus, als sei ein Damm gebrochen. Sein ganzes Leid und Elend beichtete er dem Dierdorfer. Der hörte sich alles an und lachte schließlich.

„Selbst schuld", kommentierte er, „du weichst deiner Alten ja nie von der Seite und springst gleich, wenn sie nur muckt. Du musst ihr halt zeigen, wer der Herr im Haus ist".

„Du hast gut reden", widersprach er, „du kennst Konstanze nicht."

„Trotzdem", meinte der Dierdorfer. „Mach einen Anfang und komm heut Abend mit zum Stammtisch. Das wird sie dir nicht verweigern. Jeder Mann hat ein Recht auf ein bisschen Eigenleben."

Auf Anderes auch, dachte er und versetzte lahm: „Ich kann es ja mal versuchen".

„Brav", schloss der Dierdorfer mit zweifelndem Blick und setzte hinzu: „dann auf Feierabend".

Tatsächlich war es einfacher gewesen, als befürchtet. Konstanze maulte zwar, dass er schon wieder das Haus verlassen wolle, kaum dass er von der Arbeit gekommen war, aber sie gab nach.

Der Stammtisch tat ihm gut. Natürlich hatte der Dierdorfer nicht den Mund gehalten und alles ausgetratscht. Die Saufkumpane verspotteten ihn gutmütig. Das brachte ihn in Wallung. Er trank mehr, als er vertragen konnte und wankte endlich mit ziemlicher Schlagseite, aber streitlustig heimwärts.

Konstanze fing prompt an zu meckern, als er ins Wohnzimmer torkelte. Doch diesmal hatte sie sich verrechnet. Er brüllte sie nieder und erklärte abschließend mit schriller Stimme, von nun an werde er immer zum Stammtisch gehen. Sie gab klein bei.

Ein paar Tage schmollte sie, aber als der nächste Stammtischabend nahte, ließ sie ihn kommentarlos gehen. Er genoss seine kleine Freiheit, verlor aber nie sein wahres Ziel aus den Augen. Oder besser: aus dem Körperteil, wo es richtig drängte. Schon beim dritten Mal nahm er den BMW, wobei ihm zu Hilfe kam, dass es regnete. Er überquerte die nahe Grenze und stürzte sich in das Abenteuer.

Anfangs klopfte ihm das Herz bis in den Hals. Doch es erwies sich als ganz einfach. Kaum hatte er das Seitenfenster heruntergelassen, um den Markt zu prüfen, schob eine rassige Blondine ihre ausladende Oberweite herein. Seine Augen quollen ihm fast aus dem Kopf und ihr billiges Parfüm machte ihn schwindeln. Rasch waren sie handelseinig.

Sie schlüpfte routiniert auf die Beifahrerseite und dirigierte ihn in irgendeinen Feldweg. Erst entrichtete er den verlangten Preis. Dann kamen sie ohne Umstände zur weiteren Abwicklung des Geschäftes.

Das fand auf dem Rücksitz statt und gestaltete sich kommerziell knapp. Er war leicht enttäuscht, weil sie sich nicht küssen ließ und alles etwas unbequem und in voller Kleidung vonstattenging. Auch das Präservativ mochte er gar nicht. Doch insgesamt hatte sich die Sache gelohnt. Erleichtert und beschwingt fuhr er sie zurück zu neuen Taten und machte sich auf den Heimweg.

Es war noch früh am Abend, und er beschloss, auch noch den Stammtisch zu besuchen. Die Anderen begrüßten ihn mit Hallo und spotteten, weil er zu spät kam. Ob seine Alte ihn nicht eher gelassen habe. Eine Weile zierte er sich, dann ließ er angeberisch die Bombe platzen. Es gab ein noch größeres Hallo. Alle Aufmerksamkeit ruhte auf ihm, er fühlte sich wie ein Held.

Als er nach Hause kam, schien ihn Konstanze misstrauisch zu mustern. Bemüht, unauffällig zu wirken, strich sie mehrmals um ihn herum und schnüffelte.

Zuerst befürchtete er, sie könne das fremde Parfüm erkennen, doch die verräucherte Stammkneipe hatte ihn wohl ausreichend präpariert. Trotzdem warf sie ihm den einen oder anderen abwägenden Blick zu, bis sie sich zur Ruhe begaben.

Erst am nächsten Abend schlug das Schicksal zu.

Nichtsahnend trollte er sich nach der Arbeit nach Hause und fand eine Furie vor. Konstanze schrie und tobte, dann wieder heulte und schluchzte sie und einmal warf sie gar einen Teller nach ihm, nicht ohne sich vorher versichert zu haben, dass es keiner von den guten war.

„Schwein", kreischte sie, „Hurenbock. Ich hab genug von dir."

Halbherzig versuchte er, sie zu beruhigen und tat unschuldig. Das machte alles nur noch schlimmer. Rasch merkte er, dass Leugnen sinnlos war. Einer seiner Stammtischbrüder hatte den Mund nicht halten können und sich zu Hause über seinen Seitensprung ausgelassen. Natürlich dauerte es nicht lang, bis Konstanze alles erfuhr.

Er saß in der Patsche.

Wenn sie ihn rauswarf, sah es schlecht aus. Alles gehörte ihr: das Haus, die Wertpapiere, die Möbel, das Auto. Schön, er hatte sein Einkommen. Aber nächstes Jahr ging er in Rente. Und dann blieb nicht mehr viel davon übrig. Er musste sie dazu bringen, dass sie ihm den Fehltritt nachsah. Zumindest halbwegs.

Das gelang ihm erst am nächsten Abend. Sabbernd und schmollend rang sie ihm einen Treueschwur ab. Zu dessen Erhärtung ertrotzte sie seinen Personalausweis, um ihn weiß Gott wo zu verwahren. Damit war es aus mit der Fleischeslust. Ohne Ausweis kam er nicht über die Grenze. Seltsamer Weise bestand sie nicht darauf, den Stammtisch aufzugeben. Aber da saßen die Verräter.

Als sich die Wogen geglättet hatten, überdachte er seine Lage. Das Resultat schien niederschmetternd. An gesicherte Liebesfreuden, die er sich nach dem Tschechienabenteuer ausgemalt hatte, war nun nicht mehr zu denken. Zwar konnte er versuchen, diesseits der Grenze ein geneigtes weibliches Wesen zu finden. Andererseits würde Konstanze ihn nun gnadenlos überwachen und ihm nicht die geringste Chance geben. Und wenn er ihrer Aufmerksamkeit entwischte, würde es ihr zugetragen werden.

Ihm blieb nichts als Trübsal zu blasen.

Die nächsten ein, zwei Wochen tat er das ausgiebig und mit Erfolg, war sich und seinen Mitmenschen ein Übel. Lediglich bei Konstanze musste er sich zusammen reißen. Als sein Kollege Dierdorfer ihn schließlich unerträglich fand, stauchte er ihn kräftig zusammen.

„Was ist mit dir los?", schloss er seine Tirade. „Das halt ich nicht länger aus."

Ein zweites Mal hielt er Generalbeichte. Diesmal lachte der Dierdorfer nicht. Nachdenklich kratzte er sich am Kopf.

„Warum holst du dir keinen Pass?", forschte er dann.

„Das geht nicht. Ihre Kusine arbeitet im Amt. Da kann ich es ihr gleich selbst sagen."

„Dann musst du dir halt einen falschen Ausweis besorgen", schloss der Dierdorfer und meinte es keineswegs ernst.

Der Gedanke, einmal ausgesprochen, ließ ihn fortan nicht mehr los. Woher sollte er einen falschen Ausweis bekommen? Er gebar eine Reihe von Ideen und verwarf sie so schnell, wie sie aufgetaucht waren. Am Ende blieb nur eine, die ihm erfolgversprechend erschien. Wenigstens war sie einen Versuch wert: Er musste selbst einen Ausweis fälschen.

Doch das war leichter gedacht, als getan. Trotzdem blieb er bei dem Konzept.

Zunächst brauchte er ein Muster. Das konnte er vom Dierdorfer bekommen. Freilich durfte er ihn nicht einfach um dessen Ausweis bitten. Mitwisser brauchte er diesmal nicht. Vielleicht konnte er ihn in der Mittagspause aus der Jacke nehmen, die hing immer am Kleiderhaken. Dann musste er das Dokument digitalisieren. Damit kannte er sich aus. Der Scanner stand im Raum gleich nebenan und war über Mittag unbewacht. Schon häufig hatte er damit herumgespielt.

Die Bearbeitung mit dem entsprechenden Grafikprogramm war schon kniffliger. Aber mit etwas Geduld musste er es schaffen. Notfalls konnte er den Schubert um Rat fragen, der sowieso damit arbeitete. Der war hilfsbereit und protzte gern mit seinen Kenntnissen. Im Übrigen war es ein beliebtes Spielchen im Betrieb, Parkscheine für den privaten Gebrauch zu fälschen. Er hatte es wiederholt gemacht. Zum Schluss würde er den falschen Ausweis laminieren. Dieser Schritt war simpel, weil das Laminieren zu seinen Tätigkeiten gehörte. Wo war also das Problem?

Ihm fiel ein, dass der Personalausweis als fälschungssicher galt.

Hm – einem Expertenblick würde seine Fälschung vielleicht nicht standhalten. Für die Grenze konnte sie genügen. Die schauten sowieso kaum drauf und winkten meist die Leute gleichgültig durch. Es war den Versuch wert. Nun, nachdem er von der verbotenen Frucht gekostet hatte, schien ihm sein vorheriges Leben nicht lebenswert. Lieber im Gefängnis, als ohne Sex.

Er ging ans Werk.

Ein paar Tage zeigte sich in punkto Dierdorfers Ausweis kein Erfolg: die Jacke war leer. Aber er sondierte hartnäckig weiter und endlich hielt er die begehrte Karte in der Hand. Der Scan gelang auf Anhieb, obwohl ihn der Schubert um ein Haar dabei ertappt hätte. Nun musste er nur noch die Datei von der Festplatte auf eine Diskette verschieben. Das gelang am nächsten Tag, nach ein bisschen Zittern, weil jemand Dierdorfers Ausweis auf der Festplatte hätte entdecken können.

Als nächstes fälschte er unverblümt eine Reihe Parkscheine, um sich zu üben. Nach einer Weile gelang es ihm mühelos. Die Kopien waren von den Originalen kaum zu unterscheiden. Der folgende Schritt bedurfte allerdings genauer Vorbereitung. Keinesfalls konnte er in der Mittagspause einen Personalausweis auf dem Monitor bearbeiten. Jeden Augenblick bestand die Gefahr, dass jemand hereinkam.

Er ließ absichtlich Arbeit liegen. Als es genug war, beantragte er Überstunden. Die gewährte ihm sein Bürovorsteher ohne weiteres. Konstanze maulte zwar und schaute misstrauisch drein, aber sie hatte ja seinen Ausweis.

Endlich war er allein im Gebäude. Niemand würde ihn stören. Er schob die Diskette in den Computer und rief das Grafikprogramm auf. Nach ein wenig Rattern und Klicken erschien der Ausweis auf dem Bildschirm. Er begann ihn zu verändern ...

Drei und eine viertel Stunde später war er zufrieden. Er betrachtete kritisch das endgültige Exemplar. Gut sah es aus! Nun noch schnell nach nebenan zum Laminierer, ein paar routinierte Handgriffe – fertig. Na, wenn das kein perfekter Personalausweis war. Bei nächster Gelegenheit würde er ihn testen. Und dann ... er malte sich den Lohn so bildhaft aus, dass er gleich noch etwas Handarbeit erledigen musste. Aber damit war in Zukunft Schluss!

Auf den nächsten Stammtisch wartete er, wie ein Kind auf das Erscheinen des

61

Nikolaus: in freudiger und banger Erregung zugleich. Dann war es so weit. Obwohl es nicht regnete, gelang es ihm Konstanze zu überzeugen, dass er unbedingt den BMW benutzen musste. Er fuhr ein paar Umwege, um neugierige Beobachter zu täuschen und lenkte dann sein Gefährt zur Grenze. Als sie in Sicht kam, konnte er vor Aufregung kaum atmen. Doch die Grenzer winkten ihn lässig durch. Vor Erleichterung wurde ihm schlecht.

Eilig lenkte er in einen Feldweg, stieg aus und übergab sich. Alles drehte sich in seinem Kopf. Nur langsam ging es ihm besser. Er wischte sich mit dem Taschentuch über den Mund und stand auf.

„Was machen hir", fragte eine Stimme in schlechtem Deutsch und mit hartem R und er fuhr herum.

Vor ihm standen zwei tschechische Grenzer. Ihr Fahrzeug, das an der Straße abgestellt stand, hatte er gar nicht gehört. Er begann zu stottern.

„Zeigen Ausweis", verlangte barsch der ältere der Beiden.

„Aber den hab ich doch schon am Schlagbaum vorgelegt", wandte er sich.

„Ausweis – bittä", es klang eher wie ein Befehl.

Er resignierte. Innerlich bebend holte
er die Fälschung heraus und reichte sie
dem Grenzer. Der warf nur einen Blick
darauf und lachte.

„Was das?", fragte er hinterhältig.

„Mein – mein Ausweis", stammelte er.

„Nicht gutt", stellte der Mann lakonisch fest.

Sie legten ihm Handschellen an und
brachten ihn zur Station zurück. Da hockte er nun in dem schäbigen Flur ...

Die Runde

Wie immer trafen sie sich in der alten Weinstube, am gleichen Tag, zur selben Stunde.

Das taten sie seit Jahren. Jeden Monat einmal. Sie trafen sich und hatten keinen Namen dafür. Weder nannten sie es ihren Stammtisch noch sonst wie. Wenn sie sich an anderem Ort begegneten, konnte einer fragen: „Nächsten Freitag?" Oder: „Freitag in vierzehn Tagen?" Und der andere würde antworten: „Freilich, wie immer."

Selbstverständlich gab es Anlässe, an denen ihr Treffen ausfiel. Schließlich gab es Wichtigeres in der Welt, als sich um jeden Preis zu sehen. Mal war der eine abwesend, mal der andere krank. Manchmal fehlte ganz einfach der Antrieb. Dass alle drei sich schlicht drückten, auch das war vorgekommen. Hinterher hatte einer vorsichtig geforscht, wie es denn beim letzten Mal gewesen sei, nur um festzustellen, dass die beiden anderen ebenfalls weggeblieben waren. Aber insgesamt stellte der *Termin* eine feste Größe in ihrem kleinen Universum dar.

Im ganzen Städtchen wussten die Leute davon. Auf wundersame Weise blieb ihr Tisch an den betreffenden Abenden frei, ohne dass ein Schild mit der Aufschrift *reserviert* darauf gestanden hätte.

Sie, drei Männer, nicht mehr jung, doch noch nicht alt.

Alle hatten es zu Ansehen und Wohlstand gebracht. Schrötter war Geologe und betrieb ein eigenes kleines Büro. Nach den Scheinen in seiner Brieftasche und den großen Wagen, die er abends vor dem Weinhaus abstellte, schien es gut zu gehen. Er sprach kaum darüber. Fitzthum, den sie nie anders als Fitz nannten, betreute mit seiner Frau zusammen die Gegend als Tierarzt und beide wirkten nicht, als nagten sie am Hungertuch. Sauerbrey schließlich hatte die vergangenen Jahre damit verbracht, am Gymnasium den Kindern der Städter und Dörfler eine gewisse Bildung zu vermitteln und genoss verdienten Ruhestand.

Für ihre Abende gab es keine Regel. Alles konnte passieren, doch die meiste Zeit brachten sie damit zu, sich zu unterhalten. Sie sprachen über das, was Männer ihres Standes und Alters in diesen Zeiten bewegt. Manchmal erzählten sie sich Geschichten. Anekdoten oder Begebenheiten, die der eine oder andere so bemerkenswert fand, dass er sie den anderen unbedingt zu Gehör bringen wollte und häufig wussten die dann auch etwas und so ging es weiter. Dazu tranken sie ihren Wein.

Sauerbrey und Fitz bevorzugten den Roten, wobei die Herkunft eher eine untergeordnete Rolle spielte. Trocken musste er sein. Über alles andere konnte man reden und im Übrigen stundenlang hitzig diskutieren. Schrötter, der sich naturgemäß mit Böden auskannte, trank immer nur *seine* Sorte, einen Silvaner, der auf Muschelkalk wuchs und den anderen fast streng schmeckte, wie eine Medizin.

An diesem Abend nun kamen sie auf Umwegen endlich auf Geld zu sprechen. Nicht ihres, ganz allgemein. Und flugs erklärte Sauerbrey, da sei ihm mal etwas passiert, das müssten sie unbedingt erfahren. Sie riefen nach Gosbert, dem Wirt und ließen sich ihre Gläser nachfüllen. Fitz steckte sich eine neue Pfeife an.

„Ja, also", hub Sauerbrey an, „wie ihr wisst, habe ich mich auch mal mit Theater versucht. An dem letzten Buß- und Bettag, der im ganzen Land gesetzlicher Feiertag war – und das hat einige Bedeutung für die folgende Geschichte – fuhr ich mit

Frau und Sohn nach Würzburg, jeder von uns, um in unterschiedlichsten Rollen an einer Theateraufführung teilzunehmen. Ich selbst spielte damals mit großer Begeisterung und, wie ich hoffte, etwas Talent, bei *Firlefanz*. Meine Frau, mehr oder weniger von meiner Passion mitgerissen, betätigte sich als Beleuchterin und sorgte daneben gutherzig mit Kaffee und Kuchen für das leibliche Wohl aller. Unser Sohn schließlich, damals dreiundzwanzig, hatte sich zu unserer Verblüffung spontan bereit erklärt *die Kasse zu machen*, eine Willensäußerung, die in dieser nebulösen Form Anlass zu Ärger geben sollte.

Als ich nämlich beim mittäglichen Mahl anfragte, ob er denn an Wechselgeld gedacht und eine Kasse zur Verfügung habe, stieß ich auf vehementes Unverständnis. Davon sei nicht die Rede gewesen, er habe nur angeboten sich hinzusetzen und zu kassieren. Alles andere sei doch wohl Sache der Truppe.

Das sah ich freilich ganz anders, ihr kennt mich ja. In einer Zeit aufgewachsen, in der Gründlichkeit und Zuverlässigkeit noch als Tugenden galten, reagierte ich etwas ärgerlich. Wenn ich mit jemand zusammenarbeite, ließ ich forsch vernehmen, erwartete ich Vorschläge, aber nicht

Fragen. Doch damit konnte ich, wen wundert's, meinen Sohn nicht überzeugen."

Fitz stieß gewaltige Rauchwolken aus seiner Pfeife aus und Schrötter grunzte amüsiert.

„Wie auch immer", fuhr Sauerbrey fort, „auf der anschließenden Fahrt zur Bühne kam das Thema noch einmal zur Sprache. Nachdem jedoch Ergebnisse nicht in Aussicht standen, wiegelte ich um des lieben Friedens willen und in der Hoffnung ab, irgendjemand aus der Truppe habe vielleicht daran gedacht. Man müsse sehen.

Natürlich hatte niemand daran gedacht.

Guter Rat war teuer. Also veranstaltete ich zunächst eine Sammlung unter meinen Mitspielern und brachte tatsächlich 150 DM zusammen, in zwei Scheinen. Das war immerhin ein Anfang. Allerdings würden sie beim Herausgeben wenig nützen.

Folglich erhielt mein Sohn den Auftrag, die verbleibende Zeit bis zum Auftritt zu nutzen, um das Geld möglichst passend zu wechseln. Er solle seiner Fantasie freien Raum lassen. Murrend zog er ab. Inzwischen bereitete die Truppe den Auftritt vor. Bühne und Zuschauerraum waren herzurichten und eine kleine Probe zur Auffrischung konnte auch nicht schaden.

Das Stück war eine Satire, die mit kabarettistischen Elementen die wachsende Armut im Land und die Kaltschnäuzigkeit der *Reichen* anprangerte. Ja, lacht nur. Die Truppe besaß unzweifelhaft eine soziale Ader. Eine gewissermaßen zentrale Rolle spielte einer jener offensichtlich bedauernswerten Mitmenschen, die den Boden bürgerlicher Existenz unter den Füßen verloren haben und auf der Straße wohnen. Ein Straßenpenner, wie sie sich zynisch, aber treffend bezeichnet finden. Zufällig verkörperte ich selbst diesen Typ.

Ich hatte zuvor versucht, mich möglichst tief in die Situation eines Obdachlosen, der zudem noch Alkoholiker sein mochte, hineinzufühlen. Erst am Vortag war mir in Fulda ein Mann aufgefallen, der auf dem Bürgersteig saß, an die Hauswand gelehnt, anscheinend bettelnd. Aber dieser *Penner* wirkte irgendwie unecht. Sauber war er, gut gekleidet. Seine Gesichtsfarbe schien blühend und er machte einen aufgeweckten und gesunden Eindruck. Dazu hatte er zwei prächtige, wohlgenährte Hunde gleicher Rasse bei sich und war in ein angeregtes Gespräch mit einer eleganten Dame vertieft."

„Wird so ein Hobby-Penner gewesen sein", unterbrach Fitz bissig, „der das mal ausprobieren wollte, wie du."

„Mag sein", räumte Sauerbrey friedfertig ein und fuhr fort: „Jedenfalls verwirrte sein deutliches Bild noch mein Rollenverständnis, als mein Sohn von der Tour zur Beschaffung von Wechselgeld zurückkam. Man sah ihm gleich an, dass er erfolgreich gewesen war, obwohl er zunächst versuchte, das Gegenteil zu signalisieren: Er machte es spannend. In der ganzen Stadt sei nirgendwo Kleingeld aufzutreiben, es sei ja auch fast überall geschlossen. An einer Kinokasse hatte er seine Scheine zu tauschen versucht. Nachdem sie zunächst eine misstrauische Prüfung auf Echtheit erfuhren, hatte er glücklich fünf Zehnmarkscheine erbeutet.

Doch das nützte nicht viel. Von Münzgeld wollte sich niemand trennen. Er war ratlos. Schon auf dem Rückweg zur Bühne kam er schließlich an einem Penner vorbei, der auf dem Boden sitzend seinen Hut mit kleinen Münzen vor sich liegen hatte.

Konnte er ...?

Es war einen Versuch wert. Er fragte den Mann, ob er wechseln könne und der war ohne Zögern bereit. Nachdem er den Umfang der Transaktion erkannt hatte, holte er aus den Tiefen seines Mantels mehrere Beutel, in denen fein säuberlich die Silberlinge sortiert waren. Der Inhalt reichte nicht nur aus, um alles zu wechseln. Er hätte für sehr viel mehr gereicht."

„Ganz nett", kommentierte Schrötter. „Ich habe mal einen gesehen, der Geld am Automat abhob".

„Warum auch nicht", brummte Fitz, „ging eben mit der Zeit. Apropos. Mir ist da neulich etwas ... ach, hört einfach mal. Ist ziemlich unspektakulär und kann mit deiner Geschichte kaum mithalten. Trotzdem interessant. Ihr werdet schon sehen warum.

Wie ihr wisst, reisen wir gern. Über die Jahre blieb einiges an ausländischer Währung übrig, kennt man ja. Also, wir steckten das immer in ein Einmachglas. Das stand bei mir im Regal, setzte Staub an und wär irgendwann vermodert. Bis der Euro kam. Alle suchten *Schlafmünzen*. Und bei Landeszentralbanken konnte man gebührenfrei tauschen. Das war *die* Chance. Kein Ärger über Beutelschneiderei. Hatte mich immer gefuchst. Was gabs da also?

11000 italienische Lire. Meine Güte. Die brachte Kathrin aus der Toskana zurück. Vier irische Pfund, Grundstock für die nächste Irlandreise. Ha! Nix mehr Irland, seitdem. Leider. Und da, 70 Österreichische Schilling. Nicht vom Urlaub. Honorar von einem Österreicher auf der Durchreise. Sein Hund hatte Schmerzen, das arme Viech. Krebs. Musste ich einschläfern. Die Münzen, ja, vergessen. Tauscht keiner.

Mal sehen, denk ich, *was ich da hab*. Ich rechne herum und schau an: ziemlich genau – fünf Euro. Jeder dieser Ausländer.

Sapperlot.

Diese Symbolik! So unterschiedlich, die Nationen. Streit, Kriege früher und jetzt? Europäer! Ganz versessen auf Harmonie. Einfach Menschen."

„Fitz, Fitz, was du alles in ein paar fremde Geldscheine hineinspinnst", spottete Schrötter, „aber vielleicht hast du recht. Übrigens: Ich hab auch eine Story. Die geht mir seit Jahren im Kopf herum."

„Na los", drängte Sauerbrey, „heraus damit, dann hat jeder eine erzählt".

„Also gut", stimmte Schrötter zu. „Meine Eltern hatten einen Zuckerlöffel, der war mehr als nur Hausrat. Aus Silber, ziemlich schwer, zog regelmäßig das Interesse von Gästen auf sich, wenn es Kaffee gab. Ursprünglich eine Münze, aber die hat jemand so gefallen, dass er draus den Löffel hat anfertigen lassen.

Die Münze selbst war wenig wert. Ein Dreimarkstück des Deutschen Reiches von 1913, auf der einen Seite eben diese Angaben, dazu ein Adler, der aus dem Flug heraus eine Schlange mit aufgerissenem Rachen greift. Auf der anderen ziehen ein Reiter und Fußtruppen in historischen Uniformen an jubelnden Menschen vorbei. Über ihren Köpfen verkündet eine bogenförmige Inschrift *Der König rief und alle alle kamen,* zu ihren Füßen schließlich die Erklärung *Mit Gott für König und Vaterland 17.3.1813.* Eine Jubiläumsmünze also, Völkerschlacht bei Leipzig.

Dieses Geldstück hatte der Silberschmied schüsselförmig verformt und einen gedrehten Stiel am Rand angelötet, mit niedersächsischen Pferdeköpfen am Ende.

Jedes Mal, wenn ich den Löffel anschaute, wünschte ich mir die Münze unverfälscht. Besonders später. Da hab ich Silbermünzen gesammelt. Tu ich noch. Aber dass diese hier verdorben war, dafür konnte keiner von uns. Der Löffel stellte nämlich so was wie ein Erbstück dar und

73

wie er in Familienbesitz gelangt war, ist eine Geschichte für sich.

Wir lebten damals in Braunau am Inn – ihr erinnert euch vielleicht: Da ist der Hitler geboren – im Flüchtlingslager. Nicht der Hitler, wir. Strandgut seines Tausendjährigen Reiches. Es gab da neben einigen Exoten einen Wehrmachtsmajor mit Hodenbruch. Von einem Schuss oder Splitter, weiß ich nicht mehr. Jedenfalls plagte er sich mit einem obszönen Gehänge zwischen seinen Knien ab. Um sich bekleiden zu können, bat er meine Mutter, die schneidern konnte, ihm eine seiner Militärhosen zu ändern. Hat sie gemacht und sich danach um den armen Kerl gekümmert. Er starb bald. Vorher vermachte er ihr den Zuckerlöffel, der ihm als Einziges geblieben war. Ich denk, es war ein Erinnerungsstück. An irgendetwas. Bessere Zeiten, was weiß ich.

Von meiner Mutter ging der Löffel an mich. Aber damit ist die Geschichte nicht zu Ende.

Wie schon gesagt, betrachtete ich das gute Stück oft bedauernd, weil ich mir die Münze gewünscht hätte. Außerdem wanderten meine Gedanken zu dem Major, dessen Name mir im Gedächtnis haftet, von dem ich aber sonst nichts weiß. Gab es da jemand, der vergeblich auf seine Rückkehr gewartet hatte, war Angehörigen sein Schicksal bekannt, der Ort, an dem er begraben ist?

Eine Zeit lang hatte ich vor, Nachforschungen anzustellen. Doch aus dem einen oder anderen Grund wurde nie etwas daraus. Mein Wunsch nach der Münze aber blieb bestehen.

Mein Vater war nach dem Tod meiner Mutter nicht allein geblieben. Der Bruder seiner späteren Lebensgefährtin handelte in Nürnberg mit Immobilien. Beim Abriss eines baufälligen Gebäudes stieß er in einer Wand auf einen Lederbeutel mit einer Anzahl Silbermünzen. Nachdem er, selbst Münzensammler, sich herausgesucht hatte, was er gebrauchen konnte, schenkte er den Rest seiner Schwester. Die konnte nichts damit anfangen und ließ sie mir zukommen. Ich brauche es nicht auszusprechen – ihr wisst es bereits – das begehrte Stück fand sich darunter.“

„Kaum zu glauben“, sinnierte Fitz, „man sollte solche Sachen aufschreiben. Sie sind es wert“.

„Vielleicht mache ich das gelegentlich“, überlegte Sauerbrey, „aber jetzt ist es langsam Zeit, zu gehen.“

Die anderen stimmten zu. Sie riefen den Wirt, um zu bezahlen.

Die Sache mit Solveig

Ich hing im *Kilimandscharo* herum und beobachtete Solveig, Geschäftsführerin und Bedienung. Zugegeben, sie hatte mehr als meine berufliche Aufmerksamkeit. Solveig war nämlich – und ist, na ja, ein Traum. Ungefähr einsfünfundsiebzig groß, schlank, aber nicht dürr, mit den richtigen Rundungen an den richtigen Stellen. Beine – oh, Mann! Und blond. Nicht, dass ich auf blonde Frauen stünde. Keineswegs. Ich mag dunkle lieber. Solveig ist *die* Ausnahme. Mit ihrem herzförmigen, fast runden Gesicht, dem großen Mund mit vollen Lippen und den weißen ebenmäßigen Zähnen, die sie beim Lächeln zeigt, bringt sie mich um den Verstand. Das Haar trägt sie kinnlang, zu ungleich langen Fransen geschnitten, die ihr in die Stirn hängen. Es hat die Farbe von reifem Getreide. Ach, die Augen. Grün, so grün. Das Wichtigste: Wir sind zusammen seit einiger Zeit. Genau da liegt mein Problem.

Natürlich liebe ich Solveig. Und sie mich, hoffe ich wenigstens. Aber eigentlich gehörte sie hinter Gitter. Vielleicht auch nicht. Verdammt!

Wie nur bin ich in diese Situation geraten?

Ja, ja, ich weiß: Eine rein rhetorische Frage. Die Natur, die Hormone. Das hätte jedem passieren können. Andererseits bin ich nicht jeder. Ich bin Polizist, genauer: Oberkommissar im Drogendezernat. Noch genauer: Ich bin *undercover*. Oder war es bis vor kurzem, denn ich bin *verbrannt*

In unserer Stadt – der Name tut hier nichts zur Sache – war der Konsum von Kokain alarmierend hochgeschnellt. In den unterschiedlichsten Szenen galt es, je nach Couleur, als *in* oder *chic*, sich ein paar Streifen zu legen und in die Nase zu saugen, mit dem obligatorischen Strohhalm oder Papierröhrchen. Ich weiß sogar von einer Clique, in der letzteres ein Geldschein zu sein hat, sonst war das Ganze nichts wert. Den *Kick* an der Sache machte wohl aus, dass dieses Hilfsmittel haargenau dem Marktpreis für einen *Sniff* entsprach.

Die Qualität des Zeugs war hervorragend. Nicht der übliche Verschnitt mit Backpulver oder Schlimmerem. Und es schien unbegrenzt Nachschub zu geben.

Das alles war dem Drogendezernat bekannt. Mehr nicht. Vor allem nicht die Quelle und auch nicht die Art und Weise, wie der *Schnee* unter die Konsumenten kam. Lange Zeit tappten wir völlig im Dunkel. Dann zauberte der Dezernatsleiter eine Wunderwaffe ans Licht. Mich.

Nicht, dass ich ein *Superbulle* wäre, keineswegs. Ich bin jung, einigermaßen erfolgreich, smart und – das gab den Ausschlag – in den einschlägigen Kreisen völlig unbekannt. Außerdem ledig. Was mich in den Augen meines Chefs dazu prädestinierte, undercover zu gehen. Nachdem die Genehmigung höheren Orts erteilt worden war, legte ich mir das Image eines jungen Schnösels zu, gelangweilt von sich und der Welt, der nichts anderes zu tun wusste als das reichliche Vermögen seines alten Herren zu dezimieren. Ich kaufte mich durch großzügiges Gehabe in die entsprechenden Kreise ein, tat so, als hätte ich dort jede Menge Spaß und hielt im Übrigen Augen und Ohren offen.

Das liest sich, als sei es ein feiner Job. War es aber nicht. Auf der einen Seite musste ich höllisch aufpassen, auch nicht den kleinsten Fehler zu machen, der meine wahre Identität hätte offenbaren können. Auf der anderen knechtete mich die

Verwaltung mit akribischen Nachweisen der Beträge, die ich mit vollen Händen um mich schmiss. Sie stammten zwar nicht vom Steuerzahler, sondern aus beschlagnahmten Drogengeldern, waren jedoch in den Augen der Finanzheinis durchaus geeignet, einen jungen Beamten zu korrumpieren.

Heraus kam bei der ganzen Sache nichts. Oder doch wenig mehr. Meine neuen *Freunde* schnupften, was das Zeug hielt, waren gern bereit, mich an dem Segen zu beteiligen. Gegen angemessenes Salär, versteht sich. Schließlich kriegten sie selbst die Ware nicht umsonst. Ich hatte alle Mühe, zu tun als ob. Wenn ich jedoch vorsichtig nach der Quelle fragte, lachten sie nur und meinten, sie könnten mir jederzeit helfen. Ob ich mehr brauchte? Irgendwann fiel dennoch der Name *Schneekönigin*.

Ich tat so, als hätte ich nichts gehört. Dann, bei passender Gelegenheit fragte ich ganz vorsichtig nach.

„Schneekönigin?", echote meine Gesprächspartnerin, „klar kenne ich die. Die aus dem Märchen, von Hans Christian Andersen." Und sie sah mich misstrauisch an.

Um die Situation zu retten verkündete ich lachend: „Ganz falsch. Du bist meine Schneekönigin!"

Das wiederum fand sie unerhört lustig, und ich ließ es dabei.

Freilich hätten wir jeden Einzelnen der illustren Sniffer verhaften können. Im kleinen Maßstab dealten sie allesamt, doch wir hätten nichts weiter erreicht, als Pferde scheu zu machen, sprich: Hintermänner – oder -frauen. Also blieb ich dran, plagte mich mit meinen Problemen herum, die sich um ungeduldige Vorgesetzte gemehrt hatten, und hoffte auf einen Durchbruch. Der kam plötzlich, auf eine Weise, die ich mir nicht hatte träumen lassen. Das heißt, es war eher eine Eingebung.

Ich beobachtete also Solveig, richtiger: sah ihr bei der Arbeit zu. Und da fiel es mir wie Schuppen von den Augen. Sie war die Schneekönigin! Sie musste es sein! Das Lokal oder besser, sein Name. Kilimandscharo. Hemingways Roman *Schnee am Kilimandscharo*. Blöde Herleitung, ich gebe es zu. Aber nachdem das einmal geschehen war, fügte sich eins zum anderen. Zunächst galt das Lokal in der Szene als ungemein *angesagt*. Solveig ist Kunsthistorikerin. Sie hat während des Studiums im

Kilimandscharo gejobbt und ist, als sie fertig war, irgendwie hängen geblieben. Das hatte mich schon länger irritiert. Nun schien es verständlich. Sie verdiente gut, zu gut. Ihr Porsche. Den habe ihn Vater ihr zum Abschluss geschenkt. Ha! Ein kleiner Beamter.

Der Clou jedoch war, dass Solveigs Dealerei kein Risiko barg. Sie brauchte bloß von den Koksern Bestellungen entgegen zu nehmen – wie immer die lauten mochten – und am Schluss zu kassieren – wofür auch immer. Fast nicht zu kontrollieren. Dann gab sie der Klofrau ein Zeichen. Vielleicht übers Handy. Sie telefonierte oft. Die Klofrau wiederum deponierte die verschweißten Tütchen an ihrem Arbeitsplatz an einem verabredeten Ort, der dem Käufer bekannt war, und der holte das Zeug ungesehen ab. Fertig.

Tagelang versuchte ich, Solveig auf die Schliche zu kommen. Abgesehen davon, dass ich ihr völlig verfiel, brachte es nichts. Ich mochte Recht haben oder auch nicht. Obwohl mir das Letztere lieber gewesen wäre. Aber ich musste einsehen, dass das Katz-und-Mausspiel unbegrenzt weitergehen konnte, ohne zu Ergebnissen zu führen. So setzte ich alles auf eine Karte und fragte geradeheraus, als sie mir ein

Getränk brachte, ob sie eine Ahnung habe, wo man hier Schnee bekommen könnte. Sie starrte mich eine Ewigkeit ziemlich unfreundlich an und schnauzte dann: „Spinnst Du? Wenn du so einer bist, kannst du mich vergessen!"

Ich rang mich zu einem Entschluss durch.

Bei meinen Vorgesetzten beantragte ich eine Razzia, allerdings ohne Solveigs Namen ins Spiel zu bringen. Ich erklärte einfach meinen Verdacht, und das Prinzip leuchtete ein. Die Razzia wurde genehmigt. Dann kriegte ich kalte Füße, wegen Solveig. Ich lud sie für den geplanten Termin zu einem Trip ein. Sie nahm extra einen Tag Urlaub. Die Razzia fand statt und erwies sich als rechter *Flop*. Zwar erwischten meine Kollegen einige Gäste mit Koks. Aber das Lokal war sauber. Klofrau inklusive. Na ja, da waren wir wieder am Anfang.

Danach hatte ich den Eindruck, dass Solveig mich anders als sonst ansah. Ich tat unschuldig, und nach einer Weile schien die Trübung verflogen. Doch eines Abends, als wir kuschelig bei einem Glas Wein in ihrer Luxuswohnung saßen, fragte sie ohne Vorwarnung: „Ganz ehrlich, bist du ein *Bulle*?" Einfach so. Das überraschte mich dermaßen, dass ich rot wurde und zu stottern begann. Ich brauchte gar nichts mehr zu sagen.

Sie sah mich lange ruhig an. Dann zuckte sie die Schultern und meinte leichthin: „Wenn du mit mir zusammenbleiben willst, musst du kündigen." Und nach einer langen Pause grinste sie geradezu teuflisch und ergänzte: „Wir können von meinen Einkünften leben. Schließlich verdiene ich sehr gut."

Eine Frage der Zeit

Astrophysiker berechnen aus dem Nachhall des Urknalls das Alter der heutigen physikalischen Welt in ihrer Gesamtheit auf etwa 13 Milliarden Jahre.

Wenn angesichts der Ewigkeit 1 Million Jahre wie ein Tag ist, existiert der Kosmos also seit 13000 Tagen, der Planet Erde entstand nach 8500 Tagen.

Vor 320 Tagen begannen die Insekten die Erde zu erobern, 70 Tage später die Dinosaurier. Beide Arten mit großem Erfolg, wenn auch die *schrecklichen Echsen* nur 120 Tage überlebten.

Für ihren Untergang waren sie nicht verantwortlich. Die Umstände waren gegen sie.

Der Mensch ist als *homo sapiens* auf der Erde erst seit einem Tag anzutreffen. Seit 15 Minuten besitzt er eine Kultur, die ihn von anderen Geschöpfen abhebt. Der Saurier gedenkt er mit überheblichem Schauder, gegen die Insekten führt er Krieg.

Er scheut sich nicht, seine Art als vernunftbegabt zu bezeichnen und ist derweil emsig bemüht, seine Lebensgrundlagen zu beseitigen. Kann er mehr sein, als eine Eintagsfliege?

Es gibt jedoch Trost: Der Mensch kann den Planeten nicht zerstören. Der Planet braucht uns nicht. Nach uns könnte eine andere Lebensform die Fähigkeit erlangen, ihr Schicksal selbst zu gestalten.

Wer wird uns ein Andenken widmen, wenn wir scheitern – die Insekten?

Eingeschneit

Seit Tagen war Schnee gefallen.

Ununterbrochener Tanz der Flocken, ein Reigen, der die Sinne verwirrte. Wenn er gegen den dunklen Hintergrund des Waldes schaute, nahm er Chaos wahr. Ganz vorn schwebten die Flocken im kaum spürbaren Wind schräg zu Boden. Doch schon ein Stück dahinter nahmen sie eine etwas andere Richtung, dahinter wieder und so fort und ganz hinten, unmittelbar vor den aufragenden Bäumen des Hochwaldes schienen sie sich gar in die entgegen gesetzte Richtung zu bewegen. Es musste irgendetwas mit Perspektive zu tun haben, denn sonst gab es keinen Grund für solches Verhalten. Aber er konnte die Zusammenhänge nicht recht ergründen.

Hin und wieder geriet die ganze Unordnung völlig durcheinander. Unsichtbare und kaum merkliche Luftströmungen, von wer weiß welchen Hindernissen erzeugt, verwirbelten die zarten weißen Gebilde so wild, dass ihm schwindlig zu werden drohte. Erst nach einer Weile stellte sich der scheinbar alte Ablauf wieder her, nur, um gleich darauf erneut jeder Vorhersage zu spotten.

Dann hörte der Schneefall auf.

Gegen Abend verzog sich das Grau des Himmels, machte mehr und mehr erst einem fahlen Blau, dann einem leuchtenden Azur Platz, das mit schwindendem Licht im Osten kräftiger und tiefer wurde und bald Violett erschien. Im Westen sank die Sonne durch letzte Wolkenschlieren und tauchte den Horizont in ein unglaubliches Farbenspiel, das von hellem Gelb zu Orange und über alle Rottöne bis zu schierem Purpur wechselte. Noch lange Zeit vermerkte ein feuriger Schein am dunklen Rand der Welt, wo das Tagesgestirn seine scheinbare Reise um den Globus angetreten hatte.

Indes wandelte sich zuerst im Osten das Violett zu Schwarz, dann im Zenit und schließlich überall. Die Sterne szintillierten hart und kalt, wie von einem Samtkissen. Reste von Tageswärme verloren sich in ferne Räume. Die Temperatur sank rapide.

Der einsame Mann, der immer wieder vor seine Hütte getreten war, um das unglaubliche Schauspiel zu beobachten, zog ein letztes Mal die Tür zu und schob den

Riegel vor. Die Fensterläden hatte er schon vorher geschlossen. Auf seinem kurzen Weg um die Hütte war er durch Schneemassen gestiegen, die ihm bis zum Gürtel reichten und er musste mit seinen dicken Handschuhen zuerst die Fensteröffnungen freilegen, damit die Läden sich überhaupt anlegen ließen.

Nun, in seinem kleinen Reich, fühlte er sich sicher und geborgen. In dem gusseisernen Schwedenofen bullerte ein lebhaftes Feuer, das die Hütte mit wohliger Wärme erfüllte. Eine Gaslampe hing zischend von einem Deckenbalken und warf helles Licht auf den kräftigen Holztisch in der Mitte des Raumes.

Einen Augenblick verharrte er versonnen gleich an der Tür, grunzte einmal zufrieden und wandte sich dann mit einem unmerklichen Ruck dem Vorratsschrank zu, dem er die Utensilien und Lebensmittel für ein Abendmahl entnahm: ein quadratisches Holzbrett, vom vielen Gebrauch kreuz und quer eingekerbt, ein Messer, Brot und Rauchfleisch, das in braunes Papier eingewickelt war. Er arrangierte alles auf der Tischplatte und holte von einem Wandbord eine große Blechtasse, eigentlich eher ein Topf, den er aus der gemüt-

lich summenden Kanne auf dem Schwedenofen mit heißem Getränk füllte.

Er nahm am Tisch Platz.

Umständlich rückte er den groben
Stuhl zurecht und begann seine Mahlzeit.
Er schnitt Happen vom Brot, vom Rauchfleisch, zerkleinerte sie mit dem Messer
auf dem Brett, spießte sie dann auf und
schob sie in den Mund. Ruhig kaute er
und nahm ab und zu einen Schluck aus
dem Blechtopf. Den schob er nach dem
Absetzen gedankenverloren auf der
Tischplatte herum, spielte auch einmal mit
der Messerspitze mit ein paar Brotkrü-
meln. Das Grummeln des Ofens und das
Zischen der Lampe schufen eine monoto-
ne Begleitmelodie, nur gelegentlich vom
Knacken der Balken seiner Hütte akzentuiert.

„Ja", sagte er plötzlich laut mit kräftiger
Stimme, „jetzt bin ich doch tatsächlich
eingeschneit!"

Dazu lachte er glucksend und nicht un-
zufrieden. Dann verstummte er eben so
plötzlich, wie er die relative Stille unterbrochen hatte. Er überdachte seine Lage.

Eingeschneit.

Alles hatte er erwartet, nur das nicht.
Seit Jahren waren die Winter – nun, nicht
ausgeblieben – ohne Biss, verregnet,

schneearm, zu warm. Alle Welt redete von Erwärmung der Atmosphäre, Treibhausklima, malte sich Wetterkatastrophen ganz anderer Art aus, als er sie jetzt erlebte. Ja, eine Katastrophe war das allerdings.

Er dachte an zusammenbrechenden Verkehr, im Stau verbrachte Nächte, unsägliche Unfälle, geplatzte Wasserleitungen. Manchmal erfroren Menschen, auch in Mitteleuropa in diesen Tagen. Alte, Verwirrte, Obdachlose. Ihm konnte das freilich nicht passieren. Genügend Brennholz lagerte an den Hüttenwänden und auf dem überdachten Vorratsplatz. Den ganzen Herbst hatte er seinen Bewegungsdrang mit Holzhacken abreagiert, manchmal Ärger, Frust, Stress. Auch an Lebensmittel mangelte es ihm nicht. Er hatte Rauchfleisch, Würste, Hülsenfrüchte, Reis, Nudeln, Mehl. Brot konnte er backen. Das tat er gern. An frischem Gemüse und Obst würde es mangeln, aber er konnte auf Konserven zurückgreifen, Trockenware. Zur Not mussten Vitaminpillen nachhelfen. Auch davon gab es einen kleinen Vorrat. Und Gaskartuschen für die Lampe.

Nein, er befand sich nicht in Bedrängnis.

Für eine gute Weile konnte er es hier aushalten und das war ja schließlich auch sein Plan gewesen, auch ohne den nunmehr eingetretenen – Belagerungszustand. Sich zurückziehen, die Hektik der Zeit vergessen, ein Leben unter schlichten Bedingungen führen und ohne äußere Zwänge. Niemand wartete auf ihn, niemand vermisste ihn. Und er war sich selbst genug. Fürs Erste jedenfalls. Später würde er sehen.

Er lachte erneut laut auf und diesmal klang es etwas gallig.

Quatsch, dachte er. Morgen wird alles vorbei sein. Oder übermorgen. Oder in einer Woche. Jedenfalls bald. Der Wintereinbruch war nichts als eine Laune der Natur. Er war hier nicht in der Arktis oder in Sibirien. Aber egal. Er konnte es abwarten: so oder so.

Mit dem Kreischen von Holz auf Holz schob er den Stuhl zurück, stand auf und goss sich noch einmal den Blechtopf voll. Während er im Stehen daraus schlürfte räumte er den Tisch ab und verstaute alles an den angestammten Plätzen. Das Messer wischte er zuvor an seinem Hosenbein ab.

Er kontrollierte das Feuer und legte ein paar grobe Scheite nach. Schließlich goss er aus einer großen Kanne, die neben dem

Ofen gestanden hatte, angewärmtes Wasser in eine Schüssel, entkleidete seinen Oberkörper und reinigte rasch Gesicht, Brust und Arme. Nachdem er sich abgetrocknet hatte putzte er akribisch die Zähne und goss zuletzt die Schüssel in einen steinernen Ausguss auf dem Fußboden. Er räumte die Schüssel weg, schlüpfte aus den restlichen Kleidern, löschte das Gaslicht und kroch im Flackerschein des Feuers in seinen Schlafsack.

Eine Weile lauschte er den unterschiedlichen Geräuschen. Die Flammen im Ofen erzeugten charakteristische Laute, die sich nur schwer beschreiben ließen, ungleichmäßiges Rauschen, Fauchen, Zischen und manchmal ein Pulsieren. Deutlich ächzten die Dachbalken unter der Schneelast, knarzten im Widerstreit der Wärme im Raum und der Kälte außen. Von weither tönte schwach ein Tierruf herein, vielleicht einer Eule. Aber den vernahm er kaum noch. Er dämmerte in den Schlaf hinüber.

Fels in der Wüste

Inmitten des großen Sandmeeres lag seit Vorzeiten ein Felsbrocken. Niemand wüsste zu sagen, wie lang schon er sich dort befand oder wie genau er seinen Weg dorthin gefunden hatte. Denn rings um ihn gab es nichts als Sand. Wahrscheinlich war die Wüste vor langer Zeit einmal ein Ozean gewesen und der Felsbrocken auf einem Eisberg in diese Weltgegend gelangt, der dort schließlich seinen gefrorenen Zustand aufgegeben und die artfremde Last freigegeben hatte. Der Felsen, zum Grund gesunken, lag seither unverrückt am gleichen Ort.

Waren seine Kanten ursprünglich bizarr und scharf gewesen, so hatte das Eis ganze Arbeit verrichtet und sie gefällig gerundet. Später, als das Wasser verschwunden war und der Meeresboden zur Wüste geworden, taten heulende Sandstürme das Ihre und schliffen, ja, polierten den harten Stein, bis er glatt und blank im gnadenlosen Licht der Sonne lag. Tagsüber hob er sich fast rosa vom dunkleren Farbton des Sandes ab und bot eine weithin deutliche

Markierung. In der Dämmerung und in der Nacht, im harten Licht der Sterne oder im schmeichelnden des Mondes, vermochte er das Auge zu täuschen und formte einen vertrauten Umriss, gleich von welcher Position man ihn betrachtet hätte. Er glich einem hockenden Menschen. Aber niemals in all der Zeit zog jemals jemand diesen Vergleich, denn es war noch nie eine Menschenseele an diesen Platz gekommen.

Es kam überhaupt äußerst selten ein lebendes Wesen, denn die Wüste zeigte sich hier besonders abweisend. Die einzigen Abwechslungen boten die Gestirne, die ihren Stand je nach der Stunde änderten, der Wind, der aus dieser oder jener Richtung wehte, auch stürmte. Hin und wieder verhüllten Wolken den Himmel und selten, ganz selten, hatte es geregnet.

Der Stein nahm all das wahr, auf eine unbegreifliche Weise, die in den lebendigen Strömen in seinen Kristallgittern verborgen wirkt, und auf eine ganz und gar nicht menschliche Art existierte er nur sich selbst. Er reagierte auf die sich stets wiederholenden Veränderungen, sammelte Wärme in der Sonnenglut und dehnte sich, zog sich knackend zusammen, wenn die Kälte der Nacht ihn gepackt hielt und er seine gespeicherte Energie ins Nichts abstrahlte. Er erduldete das unablässige Feilen und Schmirgeln des Sandes, verlor unmerklich an Masse, änderte seine Gestalt.

Dann, eines Nachts, durchlief ihn ein Impuls, der sich als deutliches Krachen in das leise Jammern des Windes fortsetzte. Ein Riss durchlief ihn, vom Scheitel bis zum Gesäß – um es bildlich auszudrücken. Noch blieb er haarfein, kaum wahrnehmbar. Aber die geringe Feuchtigkeit der Wüste drang darin ein, setzte sich fest und arbeitete nach den verlässlichen Gesetzen der Physik im Wechsel der Tages- und Jahreszeiten. Der Riss wuchs oder richtiger: er weitete sich. Und da auch die Verteilung der Last auf dem sandigen Untergrund sich veränderte und zugleich der Wind höhlte, grub, wehte, drifteten die beiden Teile mehr und mehr auseinander. Bald – im Zeitmaß des Felsbrockens gemessen – hätte ein Beobachter statt einer hockenden Gestalt derer zwei wahrgenommen, wenn, ja wenn ein solcher da gewesen wäre.

Giftmord

„Sie geben also zu, Ihren Geliebten vergiftet zu haben", fragt Staatsanwalt Höfer und blickt tiefernst drein.

„Niemals", entgegnet Fee mit einem strahlenden Lächeln.

„Aber Sie haben doch eben eingeräumt, dass Sie ihm das Gift verabreicht haben", hält Höfer ihr entgegen.

„Schon", räumt Fee ein, „aber er *war* nicht mein Geliebter. Er *wäre* es gern gewesen."

Höfer atmet schwer aus und versucht es noch einmal.

„Sie haben also Ihren *Bekannten* ermordet".

„Nein", widerspricht Fee. Ihr Lächeln ist, wenn überhaupt möglich, noch strahlender.

Den Staatsanwalt trifft fast der Schlag.

„Frau Zielinsky", beginnt er und findet sich sogleich unterbrochen ...

„Einfach Fee", säuselt sie, „Frau Zielinsky klingt so ... so altbacken. Sie dürfen mich aber gern Felizitas nennen, wenn Sie das lieber mögen".

„Können wir das nicht lassen", braust Höfer auf und hat große Mühe, sich wieder zu fassen. „Sie haben ihn ermordet".

„Natürlich nicht", versetzt Fee etwas pikiert. „Ich habe ihm das Gift verabreicht, aber ich habe ihn nicht ermordet. Warum sollte ich auch?"

„Wegen ... wegen ..." Höfer verhaspelt sich und setzt dann fort: „Das werden wir später klären. Wie wollen Sie glaubhaft machen, dass Sie ihm *einerseits* das Gift verabreicht, ihn aber *andererseits nicht* ermordet haben?"

„Das ist doch ganz einfach, Dummchen", pariert Fee charmant: „Weil ich es nicht wusste".

„Weil Sie *was* nicht wussten?" bellt Höfer.

„Na, dass ich ihm Gift verabreichte", kommt weich zurück.

„Sie *wussten* es nicht?" fragt der Staatsanwalt dümmlich und blickt genau so drein.

„Sagte ich doch gerade", bestätigt Fee und klingt leicht gelangweilt. „Es war in dem Ring, aber das wusste ich nicht".

„In welchem Ring, verdammt noch mal?" platzt Höfer aus dem Kragen.

Fee protestiert tief gekränkt: „In *diesem* Ton können Sie mit mir nicht reden".

„Entschuldigung Frau äh ... liebe Frau Felizitas. Würden Sie mir verraten, von welchem Ring Sie reden?" bittet er unterwürfig.

„Den er mir geschenkt hatte, natürlich".

„Er hatte Ihnen also einen Ring geschenkt", stellt Höfer unnötiger Weise fest.

Fee lächelt hintergründig.

„Männer schenken mir dauernd Ringe", gurrt sie.

„Ja, ja – gut", nuschelt der Staatsanwalt und fährt dann fort: „und in diesem Ring war Gift?"

„Es sieht so aus" räumt sie uninteressiert ein und schlägt sehr dekorativ die Beine übereinander. „Wissen Sie, es ist ein alter Ring aus der Zeit der Borgia und da war so etwas in Mode."

„Aha!" triumphiert Höfer, „das war ihnen also bekannt!"

„Na sicher", säuselt Fee, „*das* weiß doch jeder. Aber dass in diesem *speziellen* Ring Gift verborgen war, wusste ich selbstverständlich nicht. Sonst hätte ich ihn niemals in das Champagnerglas gelegt".

„Sie haben ihn in das Champagnerglas gelegt", dröhnt Höfers Stimme, „um ihn zu vergiften".

Er starrt sie mit seinen dunklen Augen drohend an, als wolle er sie zur Strafe durchbohren.

„Das hatte wir doch schon", seufzt Fee indigniert. „Ich wollte ihn *nicht* vergiften, sonst hätte ich den Ring in *sein* Glas getan – *wenn* ich gewusst hätte, dass Gift darin war *und* ich ihn hätte ermorden wollen."

„Aber sie sagten doch gerade, sie haben den Ring ins Champagnerglas gelegt", insistiert der Staatsanwalt mit Verzweiflung in der Stimme.

„Ja", bestätigt Fee, „in *mein* Glas. Das tue ich immer, wenn ich einen Ring bekomme. Ich finde es so erotisch, wenn er mir beim letzten Schluck über die Lippen rollt."

„Erotisch!" schnaubt Höfer.

„Ja, und wie. Sie sollten es mal versuchen", schwärmt die Schöne.

„Ich habe andere Dinge zu tun", braust der Beamte auf. „Kommen wir wieder zur Sache. Wieso hat dann Ihr Ge... äh *Bekannter* aus diesem Glas getrunken?"

„Na, weil er es ausprobieren wollte", erläutert Fee geduldig.

„Weil er *was* ausprobieren wollte?" fährt der Staatsanwalt sie an und beantwortet seine Frage gleich selbst: „Ach das, mit der Erotik. Und warum haben Sie ihn nicht gewarnt?"

Fee sieht ihn nur treuherzig an.

„Sie wussten nichts von dem Gift", resigniert Höfer.

„Na sehen Sie. So schwer war es doch nicht", strahlt Fee und erhebt sich graziös von ihrem Stuhl. „Es war wirklich nett mit Ihnen zu plaudern, *lieber* Herr Höfer."

„Äh, ja, " murmelt der verwirrt und sieht ihr nach, wie sie zur Tür schwebt. „Wir müssen das alles noch protokollieren und ..."

„Aber gern, jederzeit." Sie wendet sich auf der Schwelle um und schenkt ihm ein atemberaubendes Lächeln. „Rufen Sie mich einfach an. Meine Nummer haben Sie ja".

Guantanamo

Horst kommt nach Hause. Er ist spät. Auf der Baustelle, wo er die Leitung hat, sind Schwierigkeiten aufgetreten. Entsprechend ist seine Stimmung.

Die Haustür steht offen – wieder mal. Während er die zwei Treppenabsätze hinaufsteigt, kramt er in seinen Taschen nach dem Schlüsselbund, findet ihn nicht gleich, resigniert. Er kann läuten.

Er drückt den Klingelknopf, hört das Signal. Aus der Wohnung das Geräusch des Staubsaugers. Niemand öffnet. Horst läutet Sturm. Endlich geht die Tür auf.

„Hast du keinen Schlüssel?", fragt seine Frau leicht gehetzt.

„Wozu?", brummt er, „du bist doch da".

„Natürlich, ich habe nur gerade Staub gesaugt". Der Staubsauger läuft irgendwo in der Wohnung weiter.

„Mach um Gottes Willen das verdammte Ding aus", verlangt Horst entnervt.

„Sofort. Ich bin gleich fertig".

Horst streift im Flur die Schuhe ab, sie bleiben liegen, wo sie von den Füßen gefallen sind.

„Ich räum sie nachher weg", verspricht er über die Schulter, geht ins Wohnzimmer und wirft den Parka über einen Sessel. Stöhnend fällt er in einen anderen.

„Gibt es Essen?", ruft er seiner Frau zu. „Ich sterbe vor Hunger".

„Ist gleich fertig".

Der Staubsauger verstummt. Horst hört Rumoren aus der Küche. Dann Tellerklappern aus dem Esszimmer. Ächzend stemmt er sich hoch, schlurft hinüber. Der Tisch ist gedeckt. Horst setzt sich.

„Was gibt es?", will er wissen.

Sie legt ihm auf: Schnitzel, Bratkartoffel, Salat. Er beginnt wortlos zu essen.

„Wie war dein Tag?", erkundigt sie sich.

„Scheiße!", stößt er hervor. Kaut und schweigt.

„Ich habe heute…", setzt sie an, doch Horst unterbricht.

„Wenn das so weiter geht, suche ich mir was anderes. Das hält auf die Dauer niemand aus. Wo ist Annika?"

„Bei Sabine, sie lernen Mathe".

„Du weißt, dass ich das nicht will", versetzt Horst ungehalten, „Sabine ist kein Umgang für Annika".

„Aber Sabine ist gut in Mathe. Annika hatte in der letzten Arbeit eine Fünf".

„Du kümmerst dich nicht genug um sie", stellt er kategorisch fest und fügt hinzu: „Der Salat ist matschig".

Sie schweigt. Horst wirft einen Blick auf die Uhr.

„Ich nehm meinen Teller mit vor den Fernseher. Es kommen gleich Nachrichten".

Er verzieht sich ins Wohnzimmer, der *Jingle* der Tagesschau ertönt. Sie isst zu Ende, hört währenddessen von neuen Haushaltslöchern, Anschlägen im Irak. Die Amerikaner wollen die Verhörmethoden in Guantanamo verschärfen: Lärm, Lichtbelästigung und ähnliches. Als das Wetter kommt, geht sie hinüber.

„Was wollen wir sehen?", fragt sie.

„Fußball", entscheidet Horst. „Kommt gleich anschließend. Alles andere ist sowieso Quatsch".

„Ich räum derweil ab und mach den Abwasch". Sie geht ins Esszimmer zurück.

„Bring mir eine Flasche Wein", ruft Horst hinterher, „du weißt schon. Und ein Glas".

Sie bringt das Gewünschte. Ohne recht hinzusehen grapschst er ihr zwischen die Beine.

„Wenn das Spiel zu Ende ist, geht's ab in die Kiste".

Jahrhundertwerk

Es begann mit einem Paukenschlag.

An den vier Ecken eines ausgedehnten Quadrates erblühten Lichtdolden christbaumgleich, schwebten in der Finsternis langsam dem Erdboden entgegen und hinterließen wie Engelhaar gelockte Rauchzirren, von flackerndem pyrotechnischem Schein geisterhaft beleuchtet. Blassgelbe Blüten zuckten am Boden auf, für Sekundenbruchteile, erloschen wieder, um neuen Platz zu schaffen auf einem Feld, das sich magisch ausweitete, immer mehr kurzlebige Blumen aufbrechen ließ.

Als Antwort schossen gleißende Strahlen gedankenschnell hoch, schwenkten suchend durch die Nacht, gerade Stängel, astlose Stämme, kreuzten und trafen sich immer wieder zu einer Pyramide aus Licht. Und dann öffneten sich auch hoch oben Blumenköpfe, entfalteten sich, von schmetterndem Krachen begleitet und verwelkten sogleich.

Flackernd erglimmte hin und wieder ein Leuchtpunkt in der Höhe und suchte torkelnd seinen Weg in die Tiefe, fand in einer gelborangen Lohe einen Höhepunkt, um erst nach und nach zu erlöschen.

Rauch erfüllte die Luft und Staub, wallte und waberte in magischer bengalischer Beleuchtung. Die entzündete sich unter immer neuem Blitz und Donner, ohne Zusammenhang erst, kokelnde Nester, züngelnde Fackeln, breitete sich aus, begegnete sich und floss gierig ineinander, zu einem wogenden Meer, aus dem zwischen gelb, rot und blauviolett in allen Abstufungen Fahnen tanzten und wehten.

Wind sprang auf, strebte in die Höhe und strömte rundum nach, fauchte in die ionisierten Schwaden und fachte sie zu immer neuen Rekorden an, untermalte ihr Streben mit einer selten gehörten Sinfonie aus Rauschen, Pfeifen und Dröhnen, akzentuiert von dissonantem Schrillen, Knattern, Bersten, Klirren.

Weit färbte rötlicher Schein den Nachthimmel, fand sich reflektiert von Wolken und gestreut in Staub und Rauch. Allmählich verebbten die Donnerschläge nah und fern, gewährten allein den Geräuschen rasender Gase und gequälter Materie Gehör, bis auch diese in der Zeit verebbten und nur noch gespenstisches Knistern und Knacken übrig ließen.

Das aufkommende Tageslicht fiel auf eine urweltliche Szene ohne Leben.

Kinderspiele

Natürlich kam alles heraus.

Wer der Verräter gewesen war – bewusst oder versehentlich – ging in der *Ungeheuerlichkeit der Tatsachen* unter. Unmittelbare Auswirkung war, dass sich besorgte, ja entsetzte Eltern berieten, wie es dazu hatte kommen können und wie es in Zukunft zu verhindern sei. Sie selbst, die Betroffenen, verhielten sich wie alle denkenden Lebewesen in Bedrängnis: Sie versuchten möglichst unauffällig zu bleiben. Aus dem Tumult, den sie ausgelöst hatten, mussten sie immerhin schließen, dass etwas außerhalb der Ordnung war, sie offensichtlich etwas falsch gemacht hatten. Doch war ihnen von Anfang an bewusst gewesen, dass sie an verbotenen Früchten naschten. Darum hatte es schließlich so viel Spaß gemacht.

Angefangen hatte alles mit einem Lied. Harmlosen Zeilen, die den unsinnigen Kehrreim *am Pompidiwidiwittja, am Pompi, am Popo* enthielten, wozu man abwechselnd mit dem Bauch und mit dem Hinterteil aneinander bumsen musste. Das hatten ihnen Erwachsene beigebracht, bei einer Veranstaltung, die dazu diente, Kinder angemessen zu unterhalten. Tatsächlich trafen die Veranstalter damit einen Nerv. Denn in der Folgezeit bumsten sie munter ihre kleinen Bäuche und Popos zusammen, wann immer sie Lust dazu hatten und sangen begeistert ihr *am Pompi, am Popo.*

Allerdings blieb es nicht dabei.

Zu jener Zeit und in der ländlichen Gegend, in der sie lebten, war die Hygiene nicht sehr weit entwickelt. Toiletten, wie sie heute selbstverständlich sind, gab es im Dorf nicht. Stattdessen hatte man Plumpsklos, meist mehr oder weniger ansehnliche Häuschen oder Verschläge irgendwo auf dem Hof. Schließlich ging es ja nur um..., na ja. Im Inneren, wo ein immerwährender Jauchegeruch unmissverständlich anzeigte, an welchem Ort man sich befand – nämlich knapp oberhalb der entsprechenden Grube – gab es eine Sitzgelegenheit, ähnlich einer zu groß geratenen Stufe. Für das *Geschäft* diente ein kreisrundes Loch, das in die Oberfläche geschnitten und häufig mit einem derben hölzernen Deckel verschließbar war. Das Ganze nannte sich schlicht und ungekünstelt *Scheißhaus.*

Das unrühmliche Örtchen, an dem das Unglück richtig begann, wies eine Besonderheit auf. Sei es, dass die Familie, der es gehörte besonders groß oder der Erbauer unzeitgemäß offenherzig war, jedenfalls war es wesentlich geräumiger als die meisten seiner Art und besaß statt einem Loch deren zwei. Sie prangten, von keiner Trennwand abgeschieden, etwa einen halben oder dreiviertel Meter nebeneinander in dem vom vielen Gebrauch glattgescheuerten rohen Holz und luden so zur geselligen, gemeinschaftlichen Verrichtung dessen ein, für das sie eingerichtet worden waren.

Es versteht sich, dass sich die unseligen Helden dieser Erinnerung von dem Ort angezogen fühlten. Warum, wird noch verständlicher werden, wenn zuvor ein Versäumnis nachgeholt ist: deren Vorstellung. Bei den bisher stets nur nebulös als *sie* Bezeichneten handelte es sich – man wird es geahnt haben – um eine quicklebendige Horde von Mädchen und Jungen im Alter zwischen sechs und höchstens acht Jahren, insgesamt acht an der Zahl, zu denen gelegentlich weitere gleichaltrige stießen.

Sie alle nutzten, wenn sie auf dem betreffenden Hof spielten, die bereits beschriebene *Luxuseinrichtung* mit den zwei Löchern besonders gern. Gründe gab es genug. Zunächst einmal musste man ein gemeinsames Spiel nicht völlig unterbrechen, sondern konnte es – wenn auch eingeschränkt – zu zweien fortsetzen, während man Zwängen gehorchte, die die Natur vorgab. Als vorteilhaft erwies sich auch, dass man nicht allein auf dem unheimlichen Loch sitzen musste, durch das jederzeit ein grausliches Ungeheuer nach oben langen und den wehrlosen Benutzer hinab in die stinkende Grube reißen konnte.

Unzweifelhaft war, dass in der Grube Entsetzliches lauerte. Schaute man durch die Löcher hindurch, sah man Spinnennetze und deren teilweise gigantischen Erbauer. Der eine oder andere Lichtstrahl, der sich durch Ritzen in das ansonsten düstere Innere stahl, enthüllte in der dicken Brühe quirliges Leben. Raupenartige Wesen, zwei oder drei Zentimeter lang und von braungrauer Farbe tummelten sich da und zogen einen ebenso langen dünnen Schwanz hinter sich her. Niemand konnte sagen, was sich aus ihnen alles entwickeln mochte. Und natürlich gab es ganze Schwärme von Schmeißfliegen.

Der unbestreitbar größte Vorzug des Doppelsitzers war jedoch, dass Mädchen und Jungen gemeinsam hinter der Tür verschwinden konnten, wovon sie reichlich Gebrauch machten. Die Ursachen liegen auf der Hand. Zum einen waren sie füreinander überaus reizvoll, weil offensichtlich von unterschiedlicher Machart. Zum anderen taten Erwachsene genau das nicht: gemischt das Häuschen besuchen. Es war also etwas, was sie ganz für sich allein hatten und darum kostbar.

Drinnen fanden sie sich von der Welt abgeschottet, zumindest schien es so. Das bot Möglichkeiten. Man konnte zum Beispiel *am Pompi* spielen. Immerhin ging es hier um die zugehörigen Körperteile. Irgendwann kam eines der Pärchen per Zufall darauf und gab spontan der Idee nach. Es war schließlich nichts dabei. Sie hatten es unter Aufsicht ihrer Eltern gelernt.

Natürlich drang der Gesang nach außen und brachte andere auf den gleichen Gedanken. Nach einer Weile frönten alle diesem harmlosen Vergnügen. Selbst die Erwachsenen hatten Ohren, zu hören. Doch sie fanden nichts Alarmierendes an dem Kinderkram.

Mit der Zeit konnte nicht ausbleiben, dass jemand das Ganze langweilig fand.

Variationen mussten her. Und da Kinder
ziemlich kreativ sein können, fanden sie
sich ohne Schwierigkeiten. Das Spielchen
ließ sich genauso gut spielen, bevor man
wieder züchtig verhüllt war. Und siehe da:
Mit dem *nackten* Po zusammen zu stoßen,
bereitete zusätzlichen Spaß. Eine ganze
Menge sogar. Gleiches galt für die bloßen
Bäuche. Weil man schon mal dabei war,
versuchte man auch gleich noch die Ge-
schlechtsteile.

Die hießen freilich nicht so. Nicht bei
Kindern. Das waren etwa der Pimmel und
die Ritze. Sie waren da und deshalb bezog
man sie in das Spiel mit ein. Dass sie so
ganz unterschiedlich aussahen, brachte
den Kick.

Das Spiel bekam eine andere Qualität.

Äußerlich war das daran zu erkennen,
dass der Gesang leiser klang. Schließlich
wollte niemand die Erwachsenen auf sich
aufmerksam machen. Nicht, dass eines der
Kinder das Gefühl hatte, etwas Unzüchti-
ges oder gar Sündiges zu tun. In solchen
Kategorien dachte keines. Aber alle waren
sich wohl bewusst, dass sie sich mit der
neuen Variante außerhalb des Zulässigen
befanden. Die Erwachsenen würden
schimpfen und alles verbieten. Das wollte
keiner.

Untereinander, ja, da tauschte man sich aus. Immerhin waren sie so gut Freund, dass sie den anderen den Spaß ebenfalls gönnten. Das Spiel wurde zum aufregenden und wohlgehüteten Geheimnis. Die Partner wechselten und brachten neue Perspektiven in das Treiben.

Es blieb nicht beim anbumsen. Was man zusammenstieß, konnte man anfassen. Wofür hatte man seine Hände, seine Finger? Eingehende Erkundungen begannen, ohne Scheu, ohne Scham, in atemloser Spannung. Die Lautstärke der Gesänge sank auf Flüsterwerte herab. Im Grunde waren sie nicht mehr erforderlich. Es machte auch so ungeheuer viel Vergnügen.

Von da war es nur noch ein winziger Schritt, bis sie ihre unschuldigen Zungen zu Hilfe nahmen, ihre kindlichen Münder. Da verstummte jeder Laut. Was blieb, war das reine Spiel ohne unnötiges Beiwerk. Es war *ihr* Spiel, von dem sonst niemand wusste. Sexualität vor dem Sündenfall, ohne Hintergedanken, ohne tieferes Wissen. Aber wahnsinnig aufregend.

Längst hatten sie das anrüchige Häuschen hinter sich gelassen. Andere Orte fanden sich, jeder war ihnen recht, so lang sie sich geborgen fühlten. Sie spielten ihr Spiel und es schadete keinem.

Natürlich hatten sie auch andere Spiele.

Sie spielten Aufhängen, als in Nürnberg die Kriegsverbrecher gehenkt wurden. Zwar gab es noch kein Fernsehen, aber sie kriegten die Fakten irgendwie mit. Wie Kinder eben sind. Ihre Informationen schnappten sie beiläufig auf, am Radio oder aus Kommentaren von Erwachsenen. Es gab Fotos in Zeitungen und Illustrierten.

Diese Spiele spielten sie ganz offen. Niemand fand etwas dabei, im Gegenteil: Die Erwachsenen lachten. Oder sie kreuzigten ihre Puppen und Teddybären, nachdem einige in der Kreisstadt ein Passionsspiel erlebt hatten. Das fanden die Erwachsenen äußerst komisch. Andere ihrer Spiele erregten weniger Interesse.

Sie waren ganz normale Kinder. Keine Monster. *Das* Spiel war nur insoweit besonders, als andere es nicht kannten.

Dann kam alles ans Tageslicht.

Wem oder welchem Umstand die Offenbarung ihrer Heimlichkeiten anzulasten war, blieb wie schon gesagt verborgen und es schien im Augenblick nicht wichtig. Von Bedeutung war ausschließlich die Katastrophe, die sie urplötzlich traf. Ihre glückliche Kinderwelt brach zusammen und sie erfuhren sich in einer Atmosphäre der Inquisition, der Verfolgung, mehr oder weniger bedrohlich, je nachdem wie aufgeklärt ihre Eltern waren. Vielleicht setzte es hie und da Schläge. Das war damals so. Harsche Worte fielen ganz sicher. Die meisten erhielten Hausarrest und durften ihre Freunde eine Zeitlang nicht treffen. Dann beruhigte sich oberflächlich der Aufruhr, vor allem, nachdem die Eltern herausgefunden hatten, dass die Zungenspiele das Äußerste gewesen waren. Wie hätte es auch anders sein sollen!

Doch die Atmosphäre blieb vergiftet. *Es* fand sich auf den Platz verwiesen, den Heuchler und Moralisten ihm zubilligen. Die Kinder fürchteten jetzt, dass ihr Spiel sündig und schmutzig gewesen war, ihre kleinen Seelen in ernster Gefahr. Sie argwöhnten, dass einer von ihnen Verrat geübt hatte, und böse Verdächtigungen der Erwachsenen, wer der Urheber des *unkeuschen* Treibens gewesen sein mochte, drohten ihre Psyche zu verbeulen.

Sie hatten vom Baum der Erkenntnis genascht und glaubten jetzt, dass seine Früchte bitter schmecken. Das Spiel spielten sie als Kinder nie wieder.

König, Müller, Schornsteinfeger

Jeder weiß, was so ein Mai-
Käfer für ein Vogel sei.

Zumindest in der Zeit von Wilhelm Busch trafen diese Verszeilen zu. Auch in meiner Kindheit war der braune Krabbler wohl bekannt. Selbst wenn es nicht im Bett von Onkel Fritz war: Das Erscheinen des Maikäfers bedeutete allemal ein aufregendes Ereignis.

Irgendwer brachte den ersten zur Schule mit und ließ ihn zum Vergnügen der Mitschüler im Unterricht fliegen – zum Verdruss der Lehrerin oder des Lehrers. Der Unterricht fand jedes Mal eine rapide Unterbrechung, es gab Gejohle, Gequietsche, eine hochnotpeinliche Untersuchung, und wenn der Täter so dumm war, sich erwischen zu lassen –etwa durch einen verräterischen Transportbehälter – setzte es Prügel. Ja, das gab es damals noch. Doch setzte solche rigorose Pädagogik der Begeisterung für das Insekt keinesfalls ein Ende.

Ausgerüstet mit Behältnissen aller Art, diese mit Luftlöchern versehen und mit frischen Blattgrün eingestreut, zogen nach der Schule Grüppchen in den nahen Wald, um möglichst reiche Beute zu machen. Die Größeren schüttelten dünne Bäume oder versuchten durch kräftige Tritte gegen die Stämme Käfer zum Absturz zu bringen. Ringsum auf dem Boden im alten Laub setzte danach ein Prasseln ein und die Meute stürzte hierhin und dorthin, Triumpfschreie tönten oder Laute der Enttäuschung. Manchmal blieb es still. Dann fand sich ein weiterer Baum.

Natürlich war das Ganze eine Wissenschaft für sich.

Baum war nicht gleich Baum. Es gab Arten, da lohnte erst gar kein Versuch und auf anderen ließen sich die Maikäfer mit Vorliebe nieder. Bäume am Waldrand zeigten sich ergiebiger als solche mittendrin. Eichen, mit ihren gerade sprießenden Blättern, galten als Geheimtipp.

Freilich war der frühe Morgen die beste Zeit zum Käferschütteln. Noch erstarrt von der Nachtkühle fielen sie besonders willig herunter und es flog keiner auf dem Weg zum Boden noch davon, wie es tagsüber passieren mochte. Abends galt ein ganz anderes Szenario. Mit Blick gegen den helleren Himmel lauerten aufgeregte kleine Jäger auf die Käfer, um sie mit allen möglichen Mittel aus der Luft zu schlagen. Die ihrer Freiheit beraubten Tiere brummten alsbald vielstimmig in ihren Gefängnissen.

Zu Hause oder anderentags sichteten wir die Ausbeute.

Da gab es die ganz normalen, akribisch klassifiziert nach Männchen und Weibchen. Das Geschlecht verrieten die Fühler: kleine Lamellen bei den Damen, große bei den Herren. War der Chitinpanzer hinter dem Kopf ganz unbehaart, hatte man einen Schornsteinfeger gefangen. Ein Müller hingegen trug so dichte Behaarung, dass diese Partie fast weiß wirkte. Manche schimmerten auf dem Rückenschild rötlich. Die waren etwas ganz Besonderes. König oder Königin. Hin und wieder fanden sich zwei, die gerade ungeniert ihr Schäferstündchen zelebrierten, stets Auslöser von anzüglichem Gerede und Gekicher. Über das *Bienen-und-Blumen-Stadium* waren wir offensichtlich hinaus.

So ein Maikäfer bot rundum Interessantes. Oftmals legte er sämtliche Gliedmaßen und Fühler eng an und zeigte keinerlei Lebenszeichen. Durch behutsames Anhauchen fing er zuerst an winzige Bewegungen anzudeuten, die sich allmählich verstärkten, bis der Käfer munter zu krabbeln begann. Entweder erstarrte er nach einer Weile wieder oder er begann zu pumpen, spreizte die Lamellen seiner Fühler weit auseinander, spannte die Deckflügel auf, entfaltete die darunterliegenden transparenten eigentlichen Flügel und hob schließlich mit sonorem Brummen ab. Je nach Lust und Laune ließ man ihm seine Freiheit oder beendete die Luftreise mit einem flinken Handschlag.

Ein zweifelhaftes Vergnügen stellte das Hühnerfüttern dar. So ein Maikäfer, der erwartungsvollen Hühnerschar vorgeworfen, löste blitzartig kollektive Attacken des Federviehs aus, verbunden mit aufgeregtem Gegacker, Flügelschlagen und neidischem Gehacke. Das glückliche Huhn, das den Käfer gepackt hatte, rannte, von den übrigen verfolgt davon, während es den Leckerbissen als Ganzes hinunterwürgte. Doch nichts Nachteiliges über Hühner. Damals fand ein Schlaumeier heraus, dass regelmäßiger Verzehr von Maikäfern ein hohes Lebensalter garantierte und nicht wenige Zeitgenossen probierten es damit. Nussig sollten sie angeblich schmecken, was die Hühner vermutlich bestätigen würden. Andererseits konnte es mit der

Langlebigkeit nicht so weit her sein. Unsere Hühner schafften selten länger als zwei Jahre.

Ach ja, natürlich versorgten geschäftstüchtige Leute andere, die sich selbst keine beschaffen konnten, mit Käfern. Eine Mark soll der Preis damals betragen haben.

Als ein Lebewesen zum Bestaunen bot sich der Maikäfer auch wegen seiner Metamorphose vom Engerling zum fertigen Insekt an. Damals betrieben viele Menschen Gartenbau, weil es die sicherste Methode war, sich in knappen Zeiten zu ernähren. Selbstverständlich mussten die Kinder nach Kräften dabei helfen. Beim Arbeiten in der Erde stieß man regelmäßig auf Engerlinge, gut ein Fingerglied lange, dicke Larven des Käfers, mit winzigen Beinchen und weichem, weißlichem Leib. Jedes Kind kannte sie und fand sie vermutlich eklig. Da war der fertige Käfer ein viel schmuckerer Geselle.

Ich jedenfalls war fasziniert von ihm. Irgendwann zeigte ich einem der amerikanischen Besatzer einen, weil ich wissen wollte, ob es die Käfer in Amerika ebenfalls gab. Mit angeekeltem Gesichtsausdruck bezeichnete er ihn als *bug*. Ich schaute im Wörterbuch nach und war empört. Mein Maikäfer war doch keine Wanze!

Ob dann Propaganda als Spätgeburt des eben untergegangenen Dritten Reiches den Verdacht nährte – angeblich hatten amerikanische Bomber Kartoffelkäfer über dem Reichsgebiet abgeworfen, um die Landwirtschaft zu schädigen und könnten gleiches mit Maikäfern getan haben – weiß ich nicht zu berichten. Jedenfalls schlüpften in den Nachkriegsjahren gewaltige Populationen des Maikäfers und fraßen ganze Wälder kahl. Was Wunder, dass die Forstwirtschaft zu radikalen Mitteln griff, um dem Vielfraß den Garaus zu machen. Mag sein, dass auch intensiver Ackerbau mit damals noch drastischen Gaben von Kunstdünger dazu beitrug, dass der Käfer bald als ausgestorben galt.

Wehmut erfasste mich, wenn ich daran dachte.

Irgendwann jedoch fand ich beim Aussieben von Kompost – einen Engerling. Was früher Anlass zu Sorge und sofortiger Vernichtung gewesen war, ließ jetzt mein Herz einen kleinen Freudenhupfer tun. Ich besah mir das unansehnliche Ding, das zielstrebig versuchte, wieder in die warme, schützende Dunkelheit zu verschwinden, mit einiger Rührung. In den folgen Jahren fand ich immer mehr und inzwischen ist es kein Geheimnis: Er ist wieder da.

Maikäfer flieg!

Köstlichkeiten

Bärlauchsaison.

Der Indikator im Hausgarten hat angeschlagen. Grüne Lanzetten drängen ans Licht. Zeit, sich aufzumachen ins nahe Bergland, wo mehr davon wächst, saftiggrün strotzende Vegetation auf harmonisch geschwungenen Berghängen, schier unüberschaubar zwischen grauen Buchenstämmen.

Den Weidenkorb füllen mit mild nach Knoblauch duftenden Blättern. Mähen möchte man vor lauter Ungeduld. Doch gebietet die Ehrfurcht vor der zarten Schönheit vorsichtig nur zu zupfen, hier, dort, dass keine Pflanze Schaden nehme. Rücksichtsvoll den Tritt wählen, wo er nicht niedertrampelt, zerstört. Nur langsam füllt sich das Behältnis.

Dazwischen Innehalten, Aufrichten. Den Rücken strecken. Ein langer Blick in die Runde. Dort der Weg, der hierher führte. Flecken von Gelb und Weiß in den grünen Spitzen. Anemonen. Unterbrechung der Monokultur. Dazwischen giftige Bingelkräuter. Von irgendwoher das

Murmeln eines Rinnsals. Leiser Wind in noch kahlen Baumkronen. Vogelstimmen, laut und jubelnd. Das Stakkato eines Schwarzspechtes. Er trommelt auf einem dürren Ast, nutzt dessen Resonanz, um weit hallend sein Revier zu beanspruchen.

Weiter. Der Blätterberg wächst. Gedanken an kulinarische Genüsse. Suppe mit einem Schlag Sauerrahm. Heiß und sämig. Dieser unvergleichliche Geschmack. Und Pesto, für die langen Monate ohne das Kraut. Sechzig Blätter püriert mit Ursalz und bestem Olivenöl auf zwei kleine Schraubgläser. Das schmeckt auf Tomatenscheiben, dazu Schafskäse. Auch Salatsaucen macht es pikanter.

Ob die Ernte reicht? Man kann wiederkommen, so lang die Pflanze nicht blüht. Zwar versteckt sie schon Knospen im Gewirr der Blätter, doch die Blüte mag noch dauern. Aber dann: ein Meer weißer Sterne.

Es ist genug. Nun rasch heimwärts, damit die Frische des Morgens erhalten bleibt. Aus dem Korb dringt viel versprechendes Aroma in die Nase.

Lebenselixier

Wasser bestimmt das menschliche Leben. Uns modernen Mitteleuropäern ist allerdings die Bedeutung des Wassers aus dem direkten Blickfeld geraten. Wenn wir welches brauchen, drehen wir einfach den Wasserhahn auf.

Das ist beileibe nicht überall so.

Müßig, Bilder von Frauen in Erinnerung zu rufen, die mit schweren Krügen auf dem Kopf zum Brunnen gehen oder von dort kommen. Oder gar an Kriege zu erinnern, die um des Wassers willen entbrannten. Davon weiß – sozusagen – jedes Kind.

Was ich hingegen niemals geahnt hätte, ist, dass ich nun selbst mein Wasser an einer Quelle hole, und das, obwohl unser Wasserhahn noch sehr gut funktioniert. Allerdings ist, was aus der Leitung fließt, nicht nach unserem Geschmack. Doch halt: Das ist nicht der Kern. Am Geschmack gäbe es wenig auszusetzen. Das Wasser schmeckt, wie es schmecken soll. Nach Wasser.

Es ist eher das Wissen um den Zustand, der uns davon abhält, es zu trinken oder damit zu kochen. Unser Leitungswasser hat wahrscheinlich den höchsten Anteil an gelöstem Kalk, den man sich denken kann. Schon nach dem Eierkochen bleibt eine dicke Kruste im Topf und Kaffeemaschinen geben nach kurzer Zeit den Geist auf.

So war es nicht verwunderlich, dass der Tipp von einer guten Quelle uns einen Versuch wagen ließ. Wir fuhren hin und staunten. Nicht so sehr, weil die Quelle sauber gefasst ist und das Wasser in einem gleichmäßigen Strahl aus einem Rohr läuft, sondern eher, weil eine ganze Anzahl weiterer Wasserholer bereits geduldig wartete, bis sie endlich an die Reihe kämen. Mit Flaschen, Eimern, Kanistern ausgerüstet, wirkten sie ganz ähnlich, wie afrikanische Frauen abends am Wasserloch.

Zunächst galt es, sich in Geduld zu üben. Wir gesellten uns zu den Wartenden und nach anfänglicher Einsilbigkeit erfuhren wir nach und nach so manches über die Qualität der Quelle. Das Wasser sei völlig frei von Kalk. Das glaubte ich gern, weil sie aus einem Basaltstock entspringt. Aber es seien auch keine Verunreinigungen enthalten. Das schien ebenfalls glaubhaft. Oberhalb der Quelle ist der Berg, darauf Wald und sonst nichts. Kein Dorf, keine Felder, keine Straße. Nichts.

Na ja, sagte einer, wenn es viel geregnet hat, ist das Wasser leicht trüb.

Sofort entspann sich eine lebhafte Diskussion, ob das eventuell nachteilig sein könnte. Doch die Tatsache blieb bestehen, dass zwischen Quelle und ihren Wasseradern wirklich nichts zu entdecken war, das die Wasserqualität mindern konnte. Ein bisschen gelöster Lehm konnte kaum schaden. Im Stillen dachte ich an Düngunsmaßnahmen der Wälder, um das Baumsterben zu bekämpfen, und an Pestizide gegen Borkenkäfer und Co. Aber letztlich bin ich Optimist.

Endlich zapften wir unser Wasser.

Der Tee schmeckte besser, auch der Kaffee. In den Töpfen machte sich kein Kalk mehr breit. Und pur schmeckte es köstlich. Selbst nach ein paar Tagen erschien es noch frisch und appetitlich. Wir blieben dabei.

Inzwischen verfügen wir über eine Analyse. Ergebnis: beste Trinkwasserqualität. Kein Nitrat, keine Kolibakterien. Und das, obwohl die Probe schon eine Woche alt gewesen war. Dafür soll das

Wasser wertvolles Jod enthalten. Ob das stimmt, sei dahingestellt. So weit ging die Analyse nicht. Tatsache ist hingegen, dass auch unsere Topfpflanzen das Wasser offensichtlich mögen. Sie danken den kleinen Mehraufwand durch üppiges, strotzendes Grün.

Die wöchentliche Fahrt zur Quelle hat einen festen Platz in unserem Leben. Nach und nach haben wir die Abfülltechnik perfektioniert. Wenn es uns gelungen ist, einen Zeitpunkt zu erwischen, zu dem niemand an der Quelle ist und zapft, fühlen wir uns wie Lotteriegewinner. Ich habe aber auch schon gewartet, bis ein Mann endlich seine 40 Zwanzigliter-Knister abgefüllt hatte. Die brauchte er für sein Aquarium. Selbst einen Wasserkrieg habe ich erlebt und siegreich durchgefochten. Allerdings nur verbal. Der Störenfried, der geglaubt hatte, er müsse sich nicht in die Warteschlange einreihen, weil er der Jagdpächter ist, trollte sich. Jetzt habe ich ihn im Verdacht, mit einem Duftspray, wie er zum Abschrecken von Wildschweinen verwendet wird, den Quellstein verstänkert zu haben.

Früher, so habe ich erfahren, war um die Quelle ein Dorf. Rappach. Außer dem Namen ist alle Erinnerung verloren ge-

gangen. Vielleicht ist es zur Zeit des Drei-
ßigjährigen Krieges untergegangen. Seit
ich davon weiß, beäuge ich jeden Wasserholer, den ich an der Quelle treffe misstrauisch. Ist er ein lebendiger Mensch oder
ein etwa Geist?

Bis jetzt bin ich keinem begegnet.

Meerschwein

Als sie schließlich Meerschweinchen forderte, kam er selbst dieser Laune nach. Warum auch nicht? Er hatte ihr im Laufe ihrer Beziehung *jeden* Wunsch erfüllt, um sie bei Stimmung zu halten.

Er fuhr in den Nachbarort, wo er einen Tierhändler wusste und suchte von dessen Angebot zwei halbwüchsige Tiere aus. Zwei Weibchen, versicherte der Händler. Na hoffentlich, dachte er. Als Kind hatte er schon einmal zwei *Weibchen* besessen und dann eines Morgens Junge vorgefunden. An die Mühen, die es bedeutete, die überzähligen Tiere bei Bekannten und Freunden loszuwerden, vermochte er sich gut zu erinnern. Man wird sehen, dachte er.

Die beiden Meerschweinchen waren Rosetten, schwarz mit orange. Reglos drängten sie sich in der Schachtel, in die der Händler sie gesetzt hatte, in eine Ecke, die großen Augen dunkel, scheinbar ohne jede Gefühlsregung. Und doch signalisierten sie eine Botschaft, die er überdeutlich aufzufangen glaubte: Angst.

Na, na, murmelte er und fühlte sich selbst ein wenig besser.

Wir brauchen einen Kasten, fuhr ihm durch den Sinn. Sie können nicht in der Wohnung herumlaufen. Und für draußen wäre ein Gehege schön.

Einen Meerschweinchenkasten erstand er gleich bei dem Händler. Mit einem Gehege konnte der indessen nicht dienen. Also fuhr er, nachdem er die Rechnung beglichen hatte, in die Kreisstadt und besorgte im Baumarkt Kaninchendraht, Latten und Nägel.

Zu Hause angekommen rief er schon von der Wohnungstür aus nach ihr. Sie war nicht da. Einerseits enttäuscht, freute er sich auf der anderen Seite, weil er die Zeit nutzen und sie neben dem eigentlichen Geschenk mit einem selbst gebauten Gehege überraschen würde. Sofort ging er ans Werk. Nach ein paar Stunden hektischer Arbeit konnte er zufrieden sein Produkt begutachten. Schön war das Gehege geworden. Er platzierte es auf einen schattigen Fleck auf dem Rasen und setzte die Meerschweinchen vorsichtig hinein. Sie drängten sich schutzsuchend aneinander und verharrten dann für längere Zeit reglos. Erst nach längerer Zeit begannen sie ihre begrenzte Welt zu erkunden.

Als sie am späten Nachmittag nach Hause kam, stürzte sie eilig an dem Gehege vorbei, ohne es wahrzunehmen. Erst nachdem sie ihn mit einem anhaltenden Wortschwall überschüttet hatte, fand er Gelegenheit, ihr stolz die neuen Hausgenossen zu präsentieren. Sie stieß ein paar Entzückensschreie aus und wandte sich gleich wieder dem Bericht über die Erlebnisse des Tages zu.

Abends, als er die Tierchen hereingeholt hatte, spielte sie eine Weile mit ihnen. Das tat sie auch in den nächsten paar Tagen. Doch allmählich ließ ihr Interesse immer mehr nach und endlich fand sie kaum noch einen Blick für die Meerschweinchen. Ihre gesamte Pflege fiel ihm zu und obwohl seine Zeit knapp bemessen war, ließ er es ihnen an nichts fehlen.

Dann trennte sie sich von ihm. Er war bereit, die Tiere ihr zu überlassen. Doch sie meinte beiläufig, er könne sie behalten oder sie weggeben. Ihr sei es egal. Dabei fuhr sie fort, Sachen aus der gemeinsamen Wohnung zu räumen und in ihrem Auto zu verstauen. Eine Weile schaute er ihr mit wundem Herzen zu. Nachdem der Schmerz zu groß geworden war, murmelte er, er fahre zum Einkaufen und verschwand, nicht ohne vorher gefragt zu haben, ob sie zum Abendessen da sei. Irgendwo müsse sie ja essen, versetzte sie uninteressiert und rumorte weiter herum.

Den Nachmittag über blieb sie verschwunden. Er erledigte zunächst weitere Besorgungen und bereitete dann sorgfältig das Essen. Ein letztes Mal deckte er den Tisch festlich und als sie endlich kam, war er mit allem fertig. Sie ließ sich seufzend in auf ihren Platz fallen. Er legte ihr vor. Eine Weile aßen sie ernst und schweigend. Dann fielen ihr die Meerschweinchen ein. Sie fragte, was er damit zu tun gedenke.

Er habe sie weggegeben, zu Freunden, murmelte er sehr beiläufig. Wie ihr das Essen schmecke. Gut mampfte sie, was das denn sei. Kaninchenragout, klärte er sie auf und musterte sie vielsagend. Sie aß noch eine Weile weiter. Dann weiteten sich ihre Pupillen. Sie ließ die Gabel fallen. Kaninchenragout, murmelte sie fast unhörbar. Alles Blut verließ ihr Gesicht. Sie sprang auf und rannte nach draußen. Er hörte sie aus der Toilette würgen.

Was sie bloß hat, grübelte er und ein Lächeln huschte über seine Züge. Sie mag es doch sonst so gern.

Nicht geschafft

Gegen Mittag klagt Weitfelder, er fühle sich fiebrig. Schwester Susanne verpasst ihm ein Thermometer und für eine Weile liegt er seitlings in seinem Bett, schaut unglücklich und sieht aus, wie ein gestrandeter Wal.

„Ja, Sie haben Temperatur", bestätigt die Schwester und verspricht, sie werde sich darum kümmern. „Kein Grund zur Sorge", tröstet sie ihn, „das kann passieren".

Sie eilt davon. Irgendwie hat Mischa das Gefühl, seinen Zimmergenossen aufmuntern zu müssen. Gestern, vor dem Eingriff, hatte er urplötzlich Angst gezeigt. Er, der doch stets so besonnen, ja fast phlegmatisch wirkte. Die ganzen Tage hatte er es sich gut gehen lassen, die Zeit mit Lesen und im Gespräch mit Mischa verbracht, war in die Cafeteria gegangen, um hinterher von delikatem Gebäck und Cappuccino zu schwärmen. Kein Wunder, dass er ein paar überzählige Pfunde mit sich herumschleppte. Kein Wunder auch, dass seine Bypässe sich zu schließen begannen. Der Grund für seinen Klinikaufenthalt: eine gründliche Untersuchung. Und die hatte die Notwendigkeit ergeben, die erkannten Engstellen durch *Stents* abzusichern.

Alles war gut gegangen und Weitfelder munter und glücklich zurückgekommen, hatte den Sandsack vierundzwanzig Stunden auf seiner Leiste ertragen, nachts unerträglich geschnarcht und Mischa zur Verzweiflung gebracht.

Doch jetzt gesteht er ihm, dass er um seinen Urlaub fürchtet. Also das ist es! Sein Aufenthalt in Davos, Weihnachten und einige Tage mit seiner Schwester. Mischa versucht ein paar aufmunternde Worte und Weitfelder wirkt beruhigt. Susanne kommt zurück, mit irgendwelchen Pillen, die er brav mit etwas Tee nimmt. Den Nachmittag verbringt er dösend im Bett.

Dann Abendessen, das Fieberthermometer. Keine Änderung. Jetzt ist er alarmiert. Weitere Pillen. Später will die Schwester noch mal zum Messen kommen. Eine Weile schauen Mischa und Weitfelder dem Abendprogramm im Fernsehen zu. Nach den Spätnachrichten schaltet Mischa aus. Weitfelder läutet nach der Schwester. Sie kommt mit einiger Verzögerung, setzt ihm das Thermometer. Wieder erinnert er an einen Wal auf dem Trockenen.

Nach gut fünfzehn Minuten räuspert er sich umständlich und Mischa hat das Gefühl, dass er etwas sagen will.

„Kann ich Ihnen helfen?", fragt Mischa.

„Würden Sie mir das Thermometer rausnehmen – wenn es Ihnen nicht unangenehm ist? Ich komme selbst nicht ran".

Mischa lacht und steigt aus dem Bett. Weitfelder ist es sichtlich peinlich, als er ihm das Ding aus dem After zieht. Er hat nach wie vor Temperatur.

„Morgen wird es besser sein", prophezeit Mischa. Er gießt dem anderen noch ein Tasse Tee ein und kriecht wieder unter seine Decke.

„Gute Nacht". Bloß schnell einschlafen, bevor Weitfelder mit dem Schnarchen beginnt. Der dankt und wünscht ebenfalls eine gute Nacht. Mischa löscht sein Leselicht, dreht sich auf die Seite und ist sofort weg.

Ein dumpfer Krach lässt ihn aus dem Schlaf fahren. Das Zimmer ist erleuchtet, das Nachbarbett leer. Mischa ist beunruhigt. Weitfelder sollte doch nicht aufstehen. Wahrscheinlich ist er trotzdem in die

Toilette gegangen. Er schämt sich nämlich vor der Schwester.

Was war das für ein Krach? O je! Mischa schlüpft aus dem Bett, klopft an die Toilettentür.

„Herr Weitfelder?"

Nichts. Mischa probiert die Klinke. Offen. Langsam schiebt er die Tür auf.

Oh shit!

Weitfelder liegt auf dem Gesicht, halb in der Dusche, halb davor. Das lächerliche Kliniknachthemd ist ihm hochgerutscht, er sieht grotesk aus in seiner massigen Nacktheit. Ob er tot ist? Nein. Er zuckt, macht spastische Bewegungen, wie das Schwein aus Mischas Kindheitserinnerung, das der Dorfmetzger gerade mit dem stumpfen Ende der Axt vor den Schädel geschlagen hatte.

„Herr Weitfelder!"

Keine Reaktion, nur dieses ekelhafte Zucken, das so völlig entmenscht, so würdelos auf Mischa wirkt. Er beugt sich über den Gestürzten, fasst eine fleischige Schulter. Sie ist kalt und schweißfeucht. Noch einmal spricht Mischa ihn an, bekommt keine Antwort. Dann ein Stöhnen. Mischa versucht Weitfelders Kopf zu heben, sieht Blut in der Duschwanne. Vorsichtig legt er ihn wieder ab. Ob er den

Mann hochheben oder wenigstens um-
drehen kann? Er macht eine vergebliche
Anstrengung. Zu schwer, der Körper glit-
schig von Schweiß. Mischa muss vorsichtig sein. Er hat selbst erst einen Infarkt
überstanden, musste bis vor zwei Tagen
absolute Bettruhe einhalten. Rasch schiebt
er Weitfelder ein Handtuch unter den
Kopf und eilt dann zum Notruf. Drückt
den Knopf.

Zurück zum Gestürzten. Der zuckt
unverändert. Stöhnt. Wo nur die Schwester bleibt?

Sie kommt nicht. Mischa hastet hinaus
in den Flur. Zum Schwesternzimmer. Das
ist leer. Er ruft. Von irgendwoher glaubt
er Stimmen zu hören. Er geht rasch darauf
zu. Nur ruhig! Dann taucht die Schwester
aus einer Tür auf.

„Herr Steingräber, was tun Sie hier?"

„Schnell", drängt Mischa, „Herr Weitfelder. Er liegt in der Dusche".

Die Nachtschwester ruft etwas in das
Zimmer, Mischa sieht eine alte Frau auf
einem Nachtgeschirr sitzen, eine zweite
Schwester bei ihr.

„Wir haben hier ein Problem", versucht die Schwester zu erklären und läuft
den Gang hinunter. Mischa folgt ihr, so
schnell er wagt. Als er ins Zimmer zu-

140

rückkommt, ist sie schon bei Weitfelder. Sie kann ihn anscheinend auch nicht aus seiner Lage befreien. Misch bietet ihr an zu helfen, doch sie winkt ab.

„Wollen Sie noch einen Infarkt kriegen? Sie gehen sofort ins Bett."

Dann schlägt sie Alarm. Es dauert nicht lang, bis ein Pfleger auftaucht. Rumoren in der Toilette. Eine zweite Schwester erscheint, schlüpft durch die Tür. Es poltert, hastige Unterhaltung. Dann kommt die neue Schwester raus.

„Macht es Ihnen etwas aus, in den Besucherraum zu gehen?"

Mischa schüttelt den Kopf, greift sich seinen Bademantel und geht. Hilflos und verloren sitzt er eine gute halbe Stunde in nicht sehr ansprechender Umgebung, fängt allmählich an zu frösteln. Draußen, auf dem Gang, Stimmen, Laufen, Räderrollen. Schließlich kommt die Nachtschwester mit Mischas Bett.

„Wir haben alles im Griff", sagt sie, „aber es wird noch eine Weile dauern. Bleiben Sie bis zum Morgen hier und versuchen Sie zu schlafen."

„Und wenn ich zur Toilette muss?"

„Neben dem Schwesternzimmer ist eine. Aber Sie können nachher auch in Ihr

141

Zimmer gehen. Wir verlegen Herrn Weitfelder in die Intensivstation".

Mischa nickt. Die Schwester löscht das
Licht und verschwindet eilig.

Lange Zeit kommt Mischa nicht zur
Ruhe. Immer noch hört er Lärm von
draußen. Wirre Gedanken beschäftigen
ihn. *Nun kann er doch nicht nach Davos*, fährt
ihm zu Letzt durch den Sinn. Dann däm-
mert er weg.

Er wacht auf, weil seine Blase drückt.
Eine Weile ignoriert er den Drang. Dann
entschließt er sich zum Aufstehen. Pantof-
fel, Bademantel. Das Licht lässt er aus, um
nicht vollends wach zu werden. Es ist
auch so hell genug im Zimmer. Auf dem
Gang blickt er auf die Uhr: Kurz nach
Sechs. Soll er in die allgemeine Toilette?
Nein, sein Zimmer ist näher. Er schlurft
hin, öffnet zögernd die Tür.

Die Beleuchtung ist aus, aber von
draußen fällt Licht herein. In der Raum-
mitte steht Weitfelders Bett. Es dauert nur
den Bruchteil einer Sekunde, bis Mischa
begreift, dass es nicht leer ist. Die Decke
ist über die ganze Länge gezogen und be-
deckt eine menschliche Gestalt. Mischa
wird eisig ums Herz.

Sekunden verharrt er reglos, sein Hirn
völlig leer. Dann geht er leise zur Toilet-

tentür, öffnet, macht Licht. Drinnen sieht es aus, wie auf einem Schlachtfeld. Blut in der Duschwanne, auf den Fliesen. Heftpflasterabdeckungen, leere Wegwerfspritzen. Ein blutverschmiertes Handtuch. Mischa löscht das Licht, schließt die Tür und verlässt das Zimmer. Besser die Toilette auf dem Gang.

Morgens weckt ihn die Schwester aus flachem Schlaf, der ihn kurz zuvor doch noch erlöst hatte. Sie schiebt Mischa samt Bett über den Gang, ins Zimmer zurück. Es ist jetzt leer. Aber der Fußboden sieht wüst aus. Die Schwester bemerkt seinen Blick und entschuldigt sich.

„Wir machen gleich sauber. Bis jetzt hatten wir einfach keine Zeit. Tut mir wirklich leid." Sie wirkt bedrückt.

„Herr Weitfelder…", beginnt Mischa, die Schwester unterbricht ihn.

„Er hat es leider nicht geschafft".

Paulus

Mein Verhältnis zur Musik?

Wissen Sie, bis zum Eintritt ins Gymnasium hatte ich kaum eines. Zuerst war Krieg. Danach blieben die Umstände lange Zeit schlecht. Fernsehen gab es noch nicht und ein Radio konnten wir uns nicht leisten. Trotzdem wuchs ich mit Musik auf. Mutter und Großmutter trällerten ständig irgendwelche Operettenmelodien und selbstverständlich sang mir die eine Schlaf- und Kinderlieder, die andere, die Köchin gewesen war, schauerliche Moritaten, die mich tagsüber faszinierten, aber nachts ängstigten.

In der Grundschule – Volksschule hieß das damals – war von Musik keine Rede. Wir lernten lesen, rechnen, schreiben, Schönschrift vor allem, und ein bisschen Erdkunde. Für Firlefanz, wie Musik, blieb keine Zeit, zumal ich eine zweiklassige Schule besuchte. Jahrgang 1 bis 4 fand in der einen Klasse Unterrichtung, 5 bis 8 in der anderen. Sie können sich vielleicht nicht vorstellen, wie das ablief: während Lehrerin oder Lehrer sich um die ABC-

Schützen bemühte, lösten in den hinteren Reihen die älteren Schüler anspruchsvollere Aufgaben – und umgekehrt.

Dann erfolgte der Übertritt ins Gymnasium. Musik war da Unterrichtsfach. Aber was für eins! Ein ältliches, vertrocknetes Männchen namens Freitag versuchte ohne jeden Funken pädagogisches Geschick, geschweige denn Verständnis, uns allesamt in Liebhaber der Klassik zu transformieren. Um der Wahrheit die Ehre zu lassen: auch Volkslieder, wie man sie damals verstand, ließ er gelten. *Am Brunnen vor dem Tore* oder *Im schönsten Wiesengrunde*. Na ja.

Gleich in der ersten Stunde malte er krakelige Notenlinien und Noten an die Tafel. Wir mussten uns deren Namen einprägen. Und da vollbrachte er doch ein schulmeisterliches Glanzstück, zu mindest teilweise. Er erklärte nämlich, die Noten zwischen den Linien hießen f-a-c-e-g, zusammen gesprochen *faceg*, und das sei tschechisch und bedeute Ohrfeige. Die würden wir bekommen, wenn wir jemals die Namen vergäßen. Was ich bis heute nicht tat.

Leider hatte er keine Eselsbrücke für die Noten auf den Linien.

Sie können sich vorstellen, dass der arme Freitag von da an nur noch *der Faceg* hieß. Wahrscheinlich liegt es ebenfalls in Ihrer Vorstellungskraft, dass seine Bemühungen, uns zum Singen von Volksliedern zu bringen, natürlich nach Noten, wenige Früchte trugen. Wir steckten die eine oder andere Ohrfeige weg und machten ihm im Übrigen das Dasein zur Hölle. Über Musik erfuhren wir wenig.

In den höheren Stufen des Gymnasiums durfte ich zwei weitere Musikpädagogen erleben, deren Kunst meine Einstellung zur Musik nachhaltig prägte.

Der eine, Poldi, ein völlig humorloser und cholerischer Berserker, sah als Mensch nur an, wer für das Schulorchester Neigung zeigte – seinen eigentlichen Lebensinhalt. Doch da *Kunst* von *Können* kommt und nicht von *Wollen* trugen seine Bemühungen als Dirigent kümmerliche Früchte. Das Schulorchester bereitete uns schlimme Foltern, wenn es anlässlich von Feiern konzertierte.

Den anderen namens Paul Rübsam nannten wir Rübenpaul. Er begleitete uns bis zum Abitur. Seine Liebe galt Rhönliedern, deren er eines komponiert und getextet hatte. Ein zu weicher, hilfloser Mensch mit einem Augenleiden, der damit unser Mitleid zu gewinnen suchte. Völlig vergebens. Wie hätten wir ihn akzeptieren können, verteilte er doch seine Noten ausschließlich nach dem Kriterium, ob ein Schüler sein Rhönlied leidlich zu singen vermochte.

Lassen Sie mich auf mein Verhältnis zur Musik zurückkommen.

Ich kannte jede Menge Operettenlieder und Moritaten, ein paar Volkslieder und dazu alle Soldatenlieder, die ich in meiner frühesten Kindheit aufgeschnappt hatte, als Soldaten der Wehrmacht monatelang an unserem Hause singend vorbeigezogen waren – erst nach Osten, später nach Westen. Ich liebte die Schlager meiner Jugendjahre. Elvis versetzte mich in Begeisterung. Aber Klassik beschränkte sich auf seinen Song *Roll over Beethoven*.

Bis zu jenem Tag.

Im Musikunterricht fiel Rübenpaul für längere Zeit aus. Ein Vertreter stellte sich vor, ein netter, weißhaariger alter Herr, ein Professor. Er lächelte uns gütig an und fragte, was wir denn so gemacht hätten im Musikunterricht. Wir sagten es ihm. Das Lächeln verschwand von seinem Gesicht. Dann setzte er sich ans Klavier und spielte ein paar Takte. Sofort fühlte ich mich gefangen.

Ob wir etwas herausgehört hätten, wollte er dann wissen. Ja, meinte einer, das klinge nach Wasser, einer Quelle, einem Bach. Gut, strahlte der Professor, genau das solle es ausdrücken. Es sei von Smetana und hieße die Moldau. Sie entspringe in zwei Quellbächen. Den einen habe der Komponist musikalisch eingefangen, wie wir es eben gehört hätten. Der andere klinge so. Und wieder spielte er mit flinken Fingern. Eine ganz andere Tonfolge. Dann ließ er die Rinnsale zusammen fließen, größer werden, zum Bach, zum Fluss. Und er begleitete ihn auf seinem Weg talwärts, auf dem Klavier, mit Erklärungen. Wir erlebten eine Jagd, eine Bauernhochzeit, Elfentanz im Mondschein, Stromschnellen und sahen endlich die Moldau als breiten Fluss auf das Goldene Prag zufließen. Mit ein paar starken Akkorden beendete der Professor seinen Vortrag. Ergriffene Stille. Man konnte die sprichwörtliche Nadel fallen hören. Nach einer langen Weile legte er vorsichtig eine Schallplatte auf. Noch einmal erlebten wir Smetanas symphonische Dichtung in ihrer Gesamtheit.

Ich weiß nicht, wie es den Anderen erging. Vermutlich kaum anders als mir.

In meiner heranreifenden Persönlichkeit hatte sich eine Tür aufgetan.

Piste nach Tamelrik

Alles begann mit einer Pizza.

Weil ich zu faul war, mir ein Abendessen zuzubereiten, hatte ich kurzer Hand beim Pizzaservice angerufen und eine Nr. 9 geordert. Zwanzig Minuten später klingelte es an der Wohnungstür. Ich öffnete. Da stand ein dunkelhaariger junger Mann, den ich wegen seiner Hautfarbe sofort als Araber oder Orientale einstufte. Ich ließ ihn herein, um zu zahlen. Dabei kamen wir ins Gespräch.

Wie sich herausstellte, stammte er tatsächlich aus Nordafrika – Algerien – genauer gesagt. Von irgendwo im Süden des Landes, an der Grenze nach Mali.

„Das ist ein weiter Weg, bis hierher", bemerkte ich erstaunt.

„Ja", stimmte er zu. „Aber ich musste weg von zu Hause".

Mehr erklärte er dazu nicht. Weil es sehr heiß war an diesem Tag, offerierte ich ein Getränk. Er nahm gern an. Wir setzten uns an den Gartentisch auf meinem Balkon und führten das begonnene Gespräch fort. Unter anderem erfuhr ich, dass er eine Menge Verwandtschaft hatte, in Algerien und in Mali. Seine Sippe hatte sich über die Landesgrenze ausgebreitet.

„Ist das nicht mitten in der Wüste?" wollte ich wissen. „Wie kann da jemand leben?"

„Sahara", präzisierte er. „Es gibt da eine Menge kleiner Oasen".

„Und wovon leben Ihre Leute?" forschte ich weiter.

„Ein bisschen Landwirtschaft", erklärte er bereitwillig. „Und ein bisschen Handel. Manchmal begleiten sie auch Touristen durch die Sahara, als Führer. Hast du nicht Lust?"

Er duzte mich einfach. Na, wenn schon. Das konnte ich auch. Ansonsten war sein Deutsch erstaunlich gut.

„Warum nicht?" gab ich zurück. In meinem Geist manifestierte sich eine Idee. Wir redeten noch eine kurze Weile über banale Dinge. Dann meinte er, er müsse weiter. Wir verabschiedeten uns.

„Bis zur nächsten Pizza", rief ich ihm nach.

„Frag nach mir", gab er über die Schulter zurück, „ich bin Said".

Ich sah Said in der nächsten Zeit oft. Meist, wenn er mir Pizza brachte. Wir nahmen uns jedes Mal Zeit für eine Unterhaltung. Ein paar Mal lud ich ihn zu einem Glas Bier im Straßencafé um die Ecke ein. Da saßen wir dann länger. Ich erfuhr eine Menge über ihn. Angeblich war er in seiner Heimat politisch verfolgt. Das kaufte ich ihm allerdings nicht ab. Wahrscheinlich war er einfach die Armut satt gewesen oder er hatte etwas ausgefressen oder beides. Trotzdem gewann ich den Eindruck, er sei ein anständiger Kerl. Irgendwann rückte ich mit meiner Idee heraus.

„Said", sagte ich, „kann es sein, dass deine Leute bettelarm sind?"

Er sagte nichts und starrte mich aus dunklen Augen unergründlich an.

„Also ja", stellte ich fest und er widersprach nicht. „Du bist auch nicht gerade vom Wohlstand verwöhnt, mit deinem Pizzajob", fuhr ich fort.

Wieder kam keine Antwort.

„Pass auf!". Ich ließ die Bombe platzen. „Ich weiß, wie wir alle reich werden können. Du, ich und deine Leute. Richtig reich. Ohne Scheißarbeit, auf einen Schlag".

Er schwieg immer noch. Seine Augen sprachen jedoch Bände.

„Es ist ganz einfach", erklärte ich und schaute mich um, ob uns nicht vielleicht jemand zuhörte. Keine Gefahr.

„Ich mache mit dir eine Saharatour. Deine Leute kidnappen uns, verstecken uns in der Mitte von Nirgendwo. Nach einer Weile fordern sie Lösegeld. Viel Lösegeld. Meine Regierung wird zahlen. Das tut sie immer. Sie lassen uns laufen und machen sich unsichtbar. Und später teilen wir. Was meinst du?"

„Du bist verrückt", war sein knapper Kommentar.

„Vielleicht", stimmte ich zu. „Aber der Plan kann funktionieren. Es ist kein übermäßiges Risiko dabei. Und das viele Geld ist es wert."

„Du spinnst", wiederholte er aufgebracht.

„Nun bleib doch mal ruhig", forderte ich ihn auf. „Lass uns die Sache durchsprechen, als Planspiel. Wir müssen es ja nicht ausführen."

„Es geht nicht", beharrte er ruhiger. „Ich kann niemals mehr zurück. Das kannst du vergessen."

Ich schwieg. Und dachte nach. Vielleicht war er doch politisch verfolgt. Oder hatte er jemand totgeschlagen? Egal, es musste auch ohne ihn gehen.

„Dann bleibst du eben in Deutschland", setzte ich nach. „Du fädelst alles mit deinen Leuten ein, ich mache die Tour und alles andere läuft, wie gehabt."

„Nein", sagte Said fest. „Du bist total verrückt!"

Danach kühlte unsere Bekanntschaft merklich ab. Zwar bestellte ich meine Pizza weiter bei seinem Service, fragte aber nicht nach ihm und andere Boten lieferten sie an die Haustür. Doch eines Abends klingelte es und als ich öffnete, stand Said draußen. Er wirkte verlegen.

„Komm rein", forderte ich ihn auf, „willst du etwas trinken?"

„Ja", sagte er im Reinkommen.

Ich goss uns jedem ein Bier ein.

„Also?", fragte ich dann.

„Willst du das noch machen, das mit der Entführung?"

„Na klar", entgegnete ich forsch.

„Also gut", presste er hastig heraus, „ich mache mit, das heißt, meine Leute sind dabei. Ich bleibe hier".

Das musste ich erst mal verdauen. Jetzt, da es ernst wurde, fand ich den Plan nicht mehr so ganz unproblematisch. Ich fragte ihn, woher der Sinneswandel komme und er erklärte, er habe nachgedacht. Es sei zu machen.

Der Abend wurde sehr lang. Am Schluss stand das ganze Unternehmen fest. Said hatte einen Kontakt zu Touristen, die schon mehrfach die Sahara bereist hatten. Ihnen konnte ich mich anschließen. Der Rest ist aus den Medien bekannt. Gerüchten zu Folge sollen 65 Millionen Euro Lösegeld geflossen sein, wenn auch die deutsche Regierung angeblich keines gezahlt hat. Saids Leute entpuppten sich als ziemlich finsterer Haufen. Wahrscheinlich waren sie aus Tradition Räuber oder etwas Ähnliches. Während meiner *Geiselhaft* fürchtete ich ständig um mein Leben. Dass die arme Frau starb, werde ich niemals verwinden. So etwas habe ich nicht gewollt. Nun sitze ich zu Hause und warte, dass ich meinen Anteil erhalte. Aber ich bin nicht sicher, ob ich ihn wirklich noch will.

Ach, übrigens, als ich nach Deutschland zurückkehrte, war Said spurlos verschwunden.

Präliminarien

Neun Minuten noch, ich bin nicht aufgeregt. Quatsch! Bin ich doch: das flaue Gefühl im Bauch. Könnte auch Hunger sein. Ich habe verpasst eine Kleinigkeit zu essen. Wollte zwar, ist mir dann entfallen. Alzheimer. Lächerlich, nicht ich. Also Lampenfieber. Ich dreh mich im Kreis. Was denn nun? Ist egal. Tief durchschnaufen, gar kein Grund vorhanden nervös zu sein. Eher für Hunger. Da ist jetzt nichts zu machen. Ein, zwei Scheiben Brot, hinterher, mit Camembert. Der müsste gut reif sein. Vielleicht ein Glas Rotwein dazu. Mal sehen. Acht Minuten. Schau nicht dauernd auf die Uhr. Du bist nicht nervös. Toller Raum, diese Struktur, die Leichtigkeit, der offene Blick. Und das Licht. Golden. Gute Atmosphäre. Leises Stimmengemurmel. Halb voll bereits. Dem Himmel sei Dank. Wenn niemand gekommen wäre – nicht auszudenken. Gerade beim ersten Mal. Da ist Marianne, packt ihre Gitarre aus. Ganz ruhig wirkt sie. Ist sie aber nicht, hat sie mir vorhin anvertraut. Würde am liebsten weglaufen.

Trotzdem, die Frau hat Mumm. Will mit einem schwierigen Song anfangen, bei dem sie sich die letzten zwei Mal versungen hat. Nun gerade. Hoffentlich geht das gut. Komm, zerbrich dir nicht den Kopf. Sie schafft das. Ich hab Vertrauen zu ihr. Bisschen mollig ist sie, steht ihr nicht schlecht. Mutter Erde. Strahlt etwas aus. Guter Griff, Marianne. Bin gespannt, wie ihre Stimme klingt. Auf die Texte natürlich auch. Macht sie alles selbst, Texte, Komposition, so nebenbei während der Hausarbeit. Jetzt ist eine ganze Weile niemand mehr gekommen. Wie viel Zeit? Ha, wieder die Uhr. Sieben Minuten. Schneckenzeit. Bin gespannt, ob die Frau erscheint. Ob sie stört, hatte sie gefragt, wenn sie später kommt. Sie muss noch arbeiten. Ganz interessant. Mittleres Alter. Aschblond, kurze Kringel. Braune Augen. Machte einen intelligenten Eindruck. Was sie wohl arbeitet? Kann man vielleicht rauskriegen. Falls sie kommt. Es klang verlässlich. Wo ist Peter? Ach da. Muss rasch zu ihm für ein paar Absprachen. Er redet mit jemand, den ich nicht kenne. Warte. Nun ist er fertig, wendet sich mir zu. Angelika ist nicht da, sagt er. Hoffentlich versetzt sie uns nicht. Kaum, hab das im Gefühl. Und richtig. Da quecksilbert sie durch den Eingang. Aufgedreht wie immer. Na also. Sie hält auf uns zu. Ihre Bilder in einer Mappe unter dem Arm. Hallo. Schön, dass du da bist. Ja, ich weiß nicht, ob ich das schaffe. Das machst du schon, beruhige ich. Sie bleibt bei Peter, der redet auf sie ein. Soll sie mir bloß nicht kopfscheu machen, der ist nämlich aufgeregt. Ich nicht. Ist nur Hunger. Hinüber zu Marianne. Sie scheint fertig. Was ist das? frage ich. Fußstütze, sagt sie. Aha. Wenn alles sitzt, instruiere ich, spielst du ein paar Akkorde und fängst einfach an. Einfach so? Ja, warum nicht. Ist ein guter Einstieg. Gut, nickt sie. Und schaut unerschütterlich. Ich kann nicht glauben, dass sie sich aufregt. Auf mich wirkt sie beruhigend, obwohl ich das gar nicht brauche. Es ist nur Hunger. Ich drücke Marianne sacht den Oberarm, sie grinst. Zurück zu meinem Platz. So, jetzt kann es nur noch schief gehen. Oder klappen. Fünf Minuten. Immer noch. Da tröpfeln welche nach, langsam sind alle Plätze besetzt. Ich zähle. Gut zwanzig, ohne eigene Begleitung, ohne Offizielle, ohne Akteure. Zusammen sind es um die Dreißig. Nicht schlecht. Für Kultur zu interessieren ist hier schwer. Oder Triumph der Trägheit. Den älteren Mann dort habe ich noch nie gesehen. Insgesamt brauchbares Publikum. Könnte lebhaft werden. Umso besser. Der Tengler ist auch da, mit Frau. Schau einer an. Hätte ich nicht erwartet. Von dem haben sie behauptet, er zöge als Clown durch die Republik. Warum nicht. Obwohl er nie spaßig auf mich gewirkt hat. Eher trocken. Aber er birgt Überraschungen. Niemals hätte ich ihm das Malen zugetraut. Und doch! Talentiert, kein Zweifel. Aber dann verdirbt er den guten Eindruck mit plumpem Kommerz. Hat er nicht nötig. Vielleicht schon. Geht mich nichts an. Die Signaturen jedenfalls ein Schlag ins Gesicht. Dass er das nicht sieht mit seinen Künstleraugen. Erneut die Uhr: drei Minuten. Von der Frau keine Spur. Sie hat es sich anders überlegt. Nein, sie verspätet sich. Hat sie extra betont. Hoffentlich stört sie nicht. Unwahrscheinlich. Sonst hätte sie nicht gefragt. Zeugt von Einfühlungsvermögen. Schneller Blick rundum. Marianne. Wirkt souverän. Angelika sieht aus, als wollte sie rauslaufen. Ruhig, Mädchen, du sollst nur deine Aquarelle vorstellen, ein bisschen darüber plaudern. Den Rest machen die Bilder selbst. Peter konzentriert. Sagt von sich, er sei zappelig. Ich bin die Ruhe selbst. Nur der Hunger nagt. Langsam lesen, hat meine Frau gemahnt. Ja doch, ich weiß. Wenn es darauf ankommt, kann ich es. Da greift Marianne in die Saiten.

Sonderobjekt 302

Es ist bloßer Zufall. Als ich aus dem *Haus des Gastes* trete, verfängt sich mein Blick an diesem Standposter auf dem Vorplatz: Dunkle Töne, Ocker, etwas Blau und Rot, viel Schwärze. Auf den zweiten Blick so etwas wie eine schwer gepanzerte Tür, militärische Normschrift, darüber die Zeile *Bunker 302*. Und irgendwas mit *Troposphärenfunk*.

Ich bleibe stehen, lese.

Atombunker, NVA. Das Wort *einzigartig*. Darauf reagiere ich allergisch. Viel zu oft findet sich das Attribut unberechtigt. Aber nein. Hier fesseln mich ein paar knappe Informationen, die mein Misstrauen zerstreuen. Irgendwo in der Nähe muss es ein solches Relikt des *Kalten Krieges* geben, das Aufmerksamkeit fordert.

Meine Frau tritt zu mir. Ich weise auf das Poster. Sie versteht nicht gleich.

Ein Atombunker, erkläre ich, kann man besichtigen.

Sofort scheint sie Feuer und Flamme. Merkwürdig. Sie begeistert sich doch sonst nicht für derlei. Dann verstehe ich. Sie vermutet Defizite bei mir. Bisher haben wir ausschließlich Örtlichkeiten besucht, die *sie* sich endlos zu Gemüt führen kann. Museen, Galerien, Kunstgewerbeläden, diverse Scheunen diverser Sonderlinge. All das mag ich zwar ebenfalls, aber in Maßen.

Dieser Bunker, der soll ein Bonbon für *mich* sein. Ein Trostpflaster.

Nein. Das ist ungerecht. Sie meint es ehrlich. So machen wir uns auf.

Die A 19 Richtung Berlin, dann auf die A 20. Zur Sicherheit lasse ich die Fahrzeugnavigation mitlaufen. Sie beweist rasch, dass wir doch besser die Route *über die Dörfer* gewählt hätten. Die A 20 kennt sie gar nicht. *Offroad.* Ich muss unbedingt die CD erneuern.

Schließlich stehen wir vor dem Ziel. Das sieht zunächst unspektakulär aus. Ein Drahtgitterzaun, Tor, Wachgebäude, das Hinweisschild *Militärische Anlage* und *Schusswaffengebrauch.* Der Hinweis und die Drohung Bundeswehrstil. Klar. Die Rechtsnachfolgerin der NVA.

Aber da, gut eine Fahrzeuglänge hinter dem ersten Tor ein zweites, so dass man ein Fahrzeug leicht einsperren konnte. Und dort, der Betonpfosten mit unver-

162

kennbaren Porzellanisolatoren. Hochspannung. Interessant.

Hatte ich hier eine Kasse, Information vermutet, liege ich falsch. Keine Menschenseele, ungehinderter Zugang. Das ganze Gelände locker bewaldet. Eine Betonstraße, links und rechts unterschiedlichste Gebäude, flach, barackenartig, aber massiv, abblätternde Tarnflecken in Braun auf stumpfgrünen Wänden. Eine Parkfläche, andere Einrichtungen, der Zweck nicht ohne weiteres erkennbar. Alles in leicht desolatem Zustand, aber mit Spuren von Anstrengungen, den Verfall abzuwenden.

Ich folge einem Hinweisschild in eines der Gebäude zum WC. Auf dem Hinausweg schaue ich mich um. Ein langer Gang, beiderseits viele Türen. Eine typische Truppenunterkunft. An einer der Türen ein Pappschild. Neugierig trete ich näher. Da steht mit Kugelschreiber geschrieben: *Werter Bewohner, es wäre schön, wenn du dir eine andere Bleibe suchen könntest, der Raum wird demnächst gebraucht. Der Eigentümer.*

Meine Frau ist weitergegangen, ich haste hinterher. Von einem Bunker weit und breit nichts zu sehen. Dann ein zweiter Zaun mit Tor. Aha, jetzt komme ich der

163

Sache näher. Die Betonstraße geht in einen Schotterweg über, hinter einer leichten Biegung erkenne ich rechts ein höheres Gebäude mit großen Metalltoren, eines davon offen. Eine massive Fahrzeughalle. Davor ein Grüppchen Menschen, meine Frau.

Beeil dich, es geht los.

Alle bewegen sich von mir weg. Als ich aufschließe, stehen sie vor einer trapezförmigen Betonwand mit den obligatorischen Tarnflecken. Mittig eine schwere Stahltür. Das Ganze in die Böschung eines flachen Erdhügels eingebettet, der eindeutig eine unterirdische Anlage verrät. Der Bunker. Mit dem Rücken zur geschlossenen Tür eine kleine Person, junges Gesicht, Stoppelschnitt, Schlabberklamotten. Ist das ein Mann, eine Frau?

Sie begrüßt uns, fordert Passierscheine. Der Ton militärisch knapp. Die Stimme hell. Doch eine Frau.

Wir haben keine Passierscheine, was immer das sein mag. Vermutlich Eintrittskarten. Meine Frau erklärt, dass wir gerade erst zu der Gruppe gestoßen sind, noch keine kaufen konnten. Ob das zunächst ohne geht. Wir zahlen später. Bestimmt. Kurzes Zögern, ein Grinsen. Ausnahmsweise.

Sie gibt ein paar Erklärungen, alle in diesem charakteristischen Tonfall, verkündet zuletzt, wir würden uns das Bauwerk nunmehr ansehen. Verstehen würden wir es hingegen nicht. Na, das wird sich zeigen. Sie öffnet die Stahltür.

Ein sehr düsterer, fast dunkler Gang, von blauer Notbeleuchtung nur dürftig erhellt, der leicht abwärts führt. Hinter uns schließt sich die Tür. Bedrückende Enge. Wir tappen vorwärts, viele unsichere Schritte, ein unangenehmes Gefühl im Bauch. Um Biegungen herum, immer links. Später erfahre ich, dass eine Bauzeichnerin in Dresden versehentlich die Pläne *gesüdet* hat. Bis man den Fehler bemerkte, war der Bunker im Bau, und das machte den zusätzlichen Gang um den Bunker herum erforderlich.

Endlich halten wir vor einer weiteren Stahltür. Ich erkenne die von dem Poster wieder. Beschriftung in Deutsch und wahrscheinlich Russisch. Das ist nicht eindeutig zu erkennen, weil einige Großbuchstaben in beiden Sprachen gleich aussehen, auch wenn sie eine unterschiedliche Bedeutung haben. Neben dem kräftigen Handgriff steht *AUF* und darunter *OTKP*. Jedenfalls ist die Tür sowjetischer Bauart, in Kasachstan unter Originalbedingungen erprobt, das heißt, eine solche Bunkertür wurde einer Atomdetonation ausgesetzt, um ihre Widerstandsfähigkeit zu ergründen. Die Führerin weist uns auf umlaufende Aluminiumbänder an deren Seiten hin. Erst mal Unverständnis. Ist doch klar, sagt sie. Sie sollten ein Verschweißen der Tür mit dem Rahmen verhindern. Man rechnete mit Temperaturen von 1700 Grad und Aluminium hat einen höheren Schmelzpunkt. Mir gruselt.

Vier solcher Türen hintereinander, mit Schleusenkammern für die Entstrahlung und Entgiftung. Für die ganze Anlage gab es einen eigenen Schleusenkommandanten, und vier bis fünf Personen pro Stunde hätten sie in einer komplizierten Prozedur passieren können. Entseuchung nach Einsatz biologischer Kampfmittel war hier nicht möglich. Das *arme Schwein*, das ihnen ausgesetzt gewesen wäre, hätte nicht hineingedurft.

Die Panzertür öffnet sich. Durch die Schleuse gelangen wir in den eigentlichen Bunker. Die Führerin dirigiert uns durch ein verwirrendes Labyrinth, in dem sich selbst ein Eingeweihter erst nach langer Zeit zurechtfinden dürfte. Es gibt zwei Geschosse. Das Untergeschoss diente im Wesentlichen dem Betrieb der Lebenserhaltungssysteme: Luftfilter, Wasseraufbereitung, Kühlung, Stromerzeugung. Nach der *Wende* zerschlug ein selbsternanntes Rückbaukommando die Ventilköpfe der Kühlwassertanks. In der Folge soff der Bunker ab. Zwei Meter Wasser im Untergeschoss. Trotzdem taten die Generatoren sowjetischer Technik brav ihren Dienst, nachdem Jahre später das Wasser abgepumpt und der Bunker Verwendung als *Museum der dramatische Art* fand. Überhaupt funktioniert alles noch. Oder richtiger: das Meiste, wieder. Nacheinander erleben wir die Luftaufbereitung in Funktion, die drei Schiffsdiesel für die Generatoren, Kühlpumpen. Geräusche wie von unheimlichen Urweltgeschöpfen.

Ich denke über den Sinn nach.

Der Bunker diente nicht dem Personenschutz. Vielmehr beherbergte er eine Funkstation. In ein System namens *BARS* – Akronym für eine sowjetische Bezeichnung, heißt aber auch Schneeleopard – eingebunden, sollte sie im Falle eines Atomkrieges die Führungsfähigkeit im *Warschauer Pakt* garantieren. Es gab solche Anlagen in allen Ostblockstaaten, außer Rumänien. Dort sah man keine Notwendigkeit.

Der Funkgerätesatz sowjetischer Bauart nimmt das Obergeschoss ein. Nach der Wende ausgelagert und nun wieder installiert, verwirrt er mit mehreren geheimnisvollen Geräteschränken, andere dienen der Steuerung der Bunkertechnik. Hunderten Leuchtdioden blinken. Ich frage. Nein, das ist alles analoge Technik, war aber seinerzeit hochmodern. Die Führerin erklärt, gebraucht kompliziert klingende Fachausdrücke. Auf kurzen Nenner gebracht: *Tropospären-Scatter-Funk*. Das perverse daran ist, dass das System unter nuklearen Bedingungen besonders gut funktioniert hätte. Wegen des ganzen Drecks in der Atmosphäre.

Ansonsten erklärt sich der Bunker selbst.

Informationstechnik, für Besucher in jüngster Zeit eingebaut. Ich bin beeindruckt. Teilweise auch belustigt. Es gab einen *Dispatcher* für das Bauwerk, einen für Nachrichten. Dispatcher! Kaum nachvollziehbarer DDR-Anglizismus. Mir fallen dazu die *Broiler* ein. Und langsam verstehe ich die Bemerkung der Führerin vor dem Eingang. Die Besatzung von dreißig Soldaten hätte unter Vollschutz mit Luftumwälzung vierundzwanzig Stunden überlebt. Mit Filterung von Außenluft zwei, drei Tage länger. Danach …

Eine Simulation gewährt zum Schluss einen kleinen Eindruck vom *Ernstfall.*

Auf Monitoren kann man in einem engen Kontrollraum den Abschuss von Raketen verfolgen, hört die Warnung vor Einschlägen im Megatonnenbereich in der Nähe, mit etwas flapsig klingender Stimme in unverkennbarem DDR-Idiom, … *in, no, drei Minuten.* Eine andere zählt in Russisch die letzten zehn Sekunden herunter. Was dann folgt, habe ich, trotz einschlägiger Kenntnisse und Erfahrungen nicht erwartet. Die Lautstärke des Detonationsknalls, dieses urweltliche Donnern und Rollen. Den zischenden Luftstoß, der trotz Abschottung durch den Raum rast. Der Nebel, der blitzschnell im Raum entsteht und wieder verschwindet. Und das schwere Rütteln und Stampfen des ganzen Bauwerks, ein Beben erheblicher Stärke. Unter vielen Metern Beton und Erde.

Meine Frau rennt in Panik aus dem Raum. Das hätte sie auch noch nicht erlebt, meint die Führerin ungerührt, dass jemand unter diesen Umständen raus will.

Wie die Erschütterung erzeugt wird, möchte ich wissen.

Sie grinst nur wortlos.

169

Wir verlassen durch einen Notausgang den Bunker. Möglicherweise wäre er unter realen Bedingungen verschüttet gewesen. Draußen scheint die Sonne. Wie tröstlich.

Sternenkinder

Am Anfang war was niemand weiß.

Den Anfang der *Zeit* markierte der Große Knall. Was danach folgte, war zuerst sehr ätherisch und später nebulös. Buchstäblich. Wolken von Wasserstoff und nichts als Wasserstoff. Doch der ballte sich zusammen, erfuhr Verdichtung, setzte sich selbst unter Druck und flammte schließlich auf. Nicht so harmlos, wie ein Gasfeuerzeug etwa. Das war schon ein höllisches Feuer, das auf der Ebene des Kleinsten entsprang und verschwenderisch Energie freisetzte. Licht durchdrang die Schwärze und raste mit einer Geschwindigkeit durch den Raum, die ohne Entsprechung blieb. Überall auf seinem Weg stieß es auf neue Quellen seiner selbst. Sonnen im Überfluss. Millionen und aber Millionen, eine erste Generation von Sternen.

Sie alle taten, was später Alchimisten vergeblich versuchen würden und erst Menschen unserer Tage faustisch vollzogen: sie schufen Materie, die es zuvor noch nie gegeben hatte. Helium zuerst,

Kohlenstoff in Massen, dann komplexere Atome. Aschen ihrer Glut. Schier endlose Jahre brannten sie und verzehrten sich selbst. Dann begannen sie zu verlöschen. Eher still und unspektakulär die einen, in unaussprechlichen Katastrophen die anderen, Novae, Supernovae. Aber alle schleuderten ihre Rückstände hinaus in die Unendlichkeit, wo der Kreis von neuem begann.

Doch diesmal waren außer dem Wasserstoff andere Elemente beteiligt. Zwar entzündete sich im Zentrum stets eine junge Sonne, die in einer leuchtenden rotierenden Scheibe saß wie eine Nabe im Rad. Weiter draußen jedoch, in kälteren Bereichen klumpte das Material zusammen und formte sich unter Druck und Hitze zu Planeten, Monden und Asteroiden. Noch weiter draußen gefror der Wasserdampf mit kleinen Trümmern und Staub zu monströsen schmutzigen Schneebällen.

Die Gravitation der neuen Sonne kettete die Planeten an stabile Bahnen, auf denen sie ihr Zentralgestirn umkreisten. Die Eisbrocken in ihrem lichtfernen *Kühlschrank* gerieten von Zeit zu Zeit unter den Einfluss von Molekülwolken oder anderer Sterne, die vorbeizogen. Viele verschwanden auf Nimmerwiedersehen im Raum. Wenige stürzten in die Planetensysteme und begannen eine Existenz als Kometen, bis zu ihrem Ende Wanderer auf elliptischen Bahnen zwischen Sonnennähe und Sonnenferne.

So ging es immer fort.

In diesem universellen Wechsel von Werden und Vergehen war die Idee des Lebens als Konzept von Anfang an enthalten. Auf einem Planeten, der nicht zu groß und nicht zu klein geraten war, in einem günstigen Abstand um seine Sonne kreiste und auch sonst einige Vorzüge aufwies, festigte sich eine Kruste. Sie brach und bildete sich neu, wieder und wieder. Urzeitliche Vulkane ergossen ihr Magma über sie und spuckten Wasserdampf in die Höhe, der in undurchdringlichen Wolken über der Oberfläche lagerte, von der Schwerkraft festgehalten. Ein Wettersystem mit der Sonne als Motor entstand, das unter zyklopischen Gewittern wahre Sturzseen auf den Planeten ausschüttete und Meere schuf, die verdampften, sich neu füllten und endlich blieben.

In diese chaotische Natur schlugen Asteroiden, Meteoriten und Kometen, interplanetare Bomben, zerstörten, rissen auf, verformten.

Sei es, dass ein Kometeneinschlag erste organische Verbindungen auf den Planeten brachte, sei es, dass sie in urweltlichen Gewittern entstanden oder bei Vulkanausbrüchen. Jedenfalls sammelten sie sich in den warmen Urmeeren. Viel spricht dafür, dass die *Schwarzen Smoker* am Grund der Tiefsee die Wiege des jungen Lebens sind.

Zunächst formten sich ganz einfache Organismen. Im Laufe der Jahrmillionen organisierten sie sich, erfuhren eine Entwicklung. Einige von ihnen synthetisierten das Chlorophyll. Sie begannen Sauerstoff zu produzieren. Er verdrängte allmählich die Uratmosphäre und bedeutete für viele Lebensformen den Tod. Aber er lenkte die Entwicklung in eine neue Richtung. Es dämmerte der Tag, an dem das erste Lebewesen den Ozean verließ. Erde und Luft füllten sich mit neuen Formen. Sie kamen und gingen. Am Ende eines Zweiges der Evolution erhob sich der Mensch auf zwei Gliedmaßen. Manches spricht dafür, dass er das erste Lebewesen ist, das sich seiner selbst voll bewusst ist. Er besitzt Neugier. Sie treibt ihn dazu herauszufinden, wohin er geht.

Und woher er kommt.

Vom ersten Tag an ließ sich der Mensch von den Sternen faszinieren. Schon unsere Urahnen blickten zu ihnen auf und hielten sie für Götter. Wir wissen es genauer. Wir sind Kinder der Sterne. In jedem von uns gibt es nicht ein Atom, das nicht im Feuerofen eines Sternes entstanden wäre. Unser Drang die Erde zu verlassen und zu den Sternen zu fliegen: ist es nur Sehnsucht nach unseren Wurzeln?

Unbekannte

Wolkengrauer Beton, angefressen. Graffiti. *Laura sucks.* Laura?

Die verlassene Straße hinunter. Rost und Verfall. Eine Bierdose, leer, eingedrückt. Scheppern auf Kopfsteinpflaster. An die Wand: *Klonk.* Ende.

Laura sucks. Blauweiß, Tränenspuren.

Einhundertfünfundfünfzig.

Einhundertsechsundfünfzig.

Ein... *Hundescheiße* ... hundertsiebenundfünfzig. Einhundert und siebenundfünfzig Schritt bis zur Hundescheiße.

Einhundertsechsundfünfzigeinhalb.

Böiger Wind. Tanzende Staubwirbel. Dürre Blätter.

Einhundertdreiundsechzig,   - vierundsechzig.

Halteverbot. Roter Rand, blaues Feld, rotes X. X wie nix. 08.00 – 18.00 Uhr. Werktags. Das Halten im Halteverbot ist verboten.

Einhundertsiebzig.

Atlantic argo. Abdruck eines großen C? *Cargo!*

Sie kommen ins Gefängnis, gehen Sie nicht über Los, ziehen Sie nicht 4000 Mark ein.

Einhundertwieviel?

Von vorn anfangen. Eins.

Kühl. Der Sommer vorüber. Ein Mantel wäre von Vorteil. Ein Quartier für die Nacht.

Parkchaussee? Hauptbahnhof.

Turbinengeräusch von schräg oben. *Wir befinden uns in der Warteschleife.* Stratus. Grau Melange.

Keine Schwalben mehr. Krähe. Auf schwankender Peitschenlampe. Galgenvogel. Krächzende Schreie. Im Wehen verschleppt. Echos.

Sieben, acht.

Handwechsel. Türkenkoffer. Ein Pullover. Drei Garnituren Unterwäsche. Zwei Paar Socken. Das Buch. Paperback, voller Eselsohren. Saras Trennung von Heinrich. Kein äußerer Grund.

Siebzehn.

Wozu Schritte zählen?

Alles vorgegeben. In Bewegung entspricht eine Sekunde 2 Schritt. 2 mal 60 mal 60. Ein Schritt 50 Zentimeter. Ungefähr. 3,6 Kilometer. Jede Stunde. Mal Anzahl bewegte Stunden. Wenn man sitzt,

177

geht die Rechnung nicht auf. Sowieso alles ungefähr.

Alles Quatsch!

Der Schlüssel ist x. Startguthaben x Tage. 13715 verbraucht. X minus 13715. Fertig.

Straßenende. Querstraße, dann Kaimauer.

Zur Wasseroberfläche 8 oder 9 Meter. Niedrigwasser, kabbelig. Grünlichbraun. Wahrscheinlich brackig. Schillernde Ölschlieren an glatten Stellen. Ein toter Fisch.

X gleich 13715?

Bei Hochwasser ist es nicht so tief.

Drüben: Kräne. Maschinenwelt. Geschäftige Bewegung vor eiligem Grau.

Einen Augenblick reißt die Schicht auf. Sonne. Licht auf dem Wasser. Auf der Haut flüchtige Wärme. Verharren.

X gleich x.

Wasserkrieg

Da sollte doch gleich…

Geschlagene 20 Minuten warte ich nun schon, dass der Vordermann endlich zu Potte kommt. Wortwörtlich. Sage und schreibe 40 Zwanzigliter-Kanister hat er aufgereiht, um sie zu füllen. Ob er denn in dem Wasser baden wolle? Keineswegs, sagt er. Das Wasser sei für sein Aquarium. Na denn.

Inzwischen ist ein weiteres Fahrzeug angekommen und hat hinter meinem angehalten. Gemeinsam warten wir, dass der Platz am Quellrohr frei wird. Und gerade als das geschieht und ich aussteige, kommt dieser Geländewagen angeprescht, hält an. Der Typ von Fahrer steigt aus, Kanister links und rechts in den Händen und fängt an zu zapfen.

Wutschnaubend gehe ich hin.

„So geht das aber nicht", spreche ich ihn an und versuche, ganz ruhig zu wirken. „Wir warten hier wer weiß wie lang und Sie kommen her und drängen sich vor".

„Ist mir scheißegal!", gibt er schnodde-
rig zurück.

Für den Bruchteil einer Sekunde bleibt
mir die Spucke weg. Ob ich ihm eine
reinhaue?

„Mag ja sein", pariere ich dann, „aber
uns nicht. Sie warten genau wie jeder andere."

Ganz schön forsch. Wenn er stur
bleibt, bin ich blamiert.

„Ich habe hier das Jagdrecht", gibt der
Typ zurück, als erkläre das alles.

Genau so groß wie ich ist er, bestimmt
nicht schwächer. Seitlich am Kinn eine
große Narbe. Die Augen funkeln leicht
irre.

„Glückwunsch",   antworte ich, ganz
Diplomat. „Schließt das auch die Quelle
ein?"

Zum ersten Mal zeigt er leichte Unsi-
cherheit.

„Die Leute hier verjagen mir das
Wild".

Ganz schlechtes Argument.

„Und das verhindern Sie, indem Sie
sich rüpelhaft verhalten? Die Quelle ist öf-
fentlich."

Am Weg klappt eine Autotür. Ich
schaue hin. Der andere Wasserholer ist

ausgestiegen und kommt herüber. Das verunsichert den Typ noch mehr.

„Das hier ist kein Trinkwasser", wendet er trotzdem ein. „Da gab es ein Hinweisschild. Jemand hat es weggerissen".

Na klar. Reine Absicherung einer Behörde. Das Wasser ist hervorragend.

„Lassen Sie das mal unsere Sorge sein. Außerdem zapfen Sie ja auch".

Jetzt ist er völlig aus dem Konzept.

„Ich brauche das Wasser für die Tränke", argumentiert er lahm. „Außerdem, weiter oben am Berg ist die Quelle offen. Wenn da eine tote Wildsau drin liegt…"

Da hat er natürlich Recht. Das Leben ist voller Tücken. Trotzdem…

„Wie gesagt", bleibe ich dran, „nicht Ihr Problem".

„Dann gehe ich eben". Er gibt auf.

„Wer sagt denn, dass Sie gehen sollen?" Fast tut er mir leid. „Sie brauchen bloß zu warten, bis Sie an der Reihe sind".

Aber er hat seinen Stolz. Warten mag er nicht. Er grapscht seine Behälter und trollt sich. Ich schaue ihm hinterher.

Wenn der jetzt einen Bogen schlägt, außer Sicht den Hang hochsteigt und in die Quelle pinkelt?

Weltmeister

Der Doktor Faustus, Synonym des prometheischen Menschen. Als Kind fand ich stets merkwürdig, dass ein Dichter es wert befunden hatte, ihm ein Drama zu widmen. Gab es doch in meinem Dorf einen Faust, der war Schornsteinfeger, und irgendwie brachte ich die beiden Figuren nicht auseinander. Obwohl ich nachgerade freilich erkenne, wie der schwarze Mann zu Höherem strebte und auch dieses Streben mit dem Feuer zu tun hatte.

Zu dieser Zeit begann das Leben in unserem Land zaghaft sich wieder normal zu bewegen. Staunend begriff ich die Existenz von Dingen, magischen Welten, bisher entrückt und verborgen von Knappheit, strampelndem Lebenskampf, den Nachwirkungen der Katastrophe.

Ich weiß nicht mehr, wie er es angestellt hatte, jedenfalls nahm mein Vater mich eines schönen Tages mit zum *Schottenring*. Die Fahrt ein Abenteuer auf der Ladefläche eines Lastwagens, aber mit derartigen Beschwerlichkeiten stand ich auf vertrautem Fuß. Was mich am Ziel erwartete – ein Motorrad- und Autorennen – sagte mir nicht viel. Ich hatte noch keines erlebt. Umso mehr packte mich das Geschehen, faszinierte mich: Diese unglaublichen Geschwindigkeiten, das Jaulen hochgejagter Motoren, der fremdartige Gestank der Abgase, die Menschenmassen. Und, natürlich, die *Helden* auf den Maschinen, die *Halbgötter* in den Autos. Namen, die in Träumen wiederkehrten.

Ganz besonders begeisterten mich die Gespanne. Die rasten nicht nur wie der Teufel, nein, der Schmiermaxe oder wie immer der damals hieß, turnte während der Höllenfahrt in seinem engen Seitenwagen herum, kroch fast hinter den Fahrer oder hängte sich halsbrecherisch weit nach außen, je nach Kurvenlage, um das Gefährt zu stabilisieren. Verständlich, wenn es mich fortan häufiger zu Rennen drängte.

Dann 1955 die Sensation. Da waren zwei aus der nahen Kreisstadt Weltmeister geworden. Willi Faust und Karl Remmert. Meine Welt stand Kopf, obwohl ja nun gar kein Anteil an deren Leistung mir zufiel. Doch das spielte keine Rolle. Ich wollte sein wie Faust und Remmert, auch wenn der letztere angeblich stotterte und so während der Rennen seinem Fahrer bisweilen zugerufen haben soll: „F-fahr sch-schneller, P-petter!"

Die Nachricht von dem Trainingsunfall auf dem Hockenheimring am 18. April 1956 traf alle wie ein Keulenschlag. Remmert war auf grauenhafte Weise ums Leben gekommen, Faust schwer verletzt. Aber er überlebte. Später hörte ich, sein Rennstall habe ihm eine Tankstelle verschafft, mit einer kleinen Reparaturwerkstatt. Er geriet aus meinem Blickfeld.

Jahre später, während ich einmal mein Auto betanken ließ, fiel zufällig mein Blick auf das Inhaberschild. Willi Faust, las ich da. Ich wandte mich dem Tankwart zu, musterte ihn unauffällig. und sah sie, die kaum verborgenen Spuren schwerer Verletzungen. Das war er also, mein Idol früherer Tage. Ein Mann in mittleren Jahren, vom Leben gezeichnet, anscheinend nirgendwo ein Held. Und ich war froh, nicht geworden zu sein wie er.

Zimmertiger

Der ihr zugewiesene Name war Meggie.

Wir bekamen sie als Halbwüchsige von einer Bekannten, die sie nicht behalten konnte, weil ihr alteingesessener Kater etwas dagegen hatte. Sie war grau getigert mit einem kleinen rotbraunen verwaschenen Fleck im Fell und hätte bis auf diesen einer Wildkatze ähnlich gesehen. Ich argwöhnte, dass ein Elternteil gut eine solche gewesen sein konnte, da sie an einem ausgedehnten Schrottplatz in der Nähe eines weiträumigen Waldgebietes aufgegriffen worden war.

Nachdem wir sie in unserem Haus aus dem Transportbehälter entließen, inspizierte sie in aller Ruhe sämtliche Räume und beschloss alsdann zu bleiben. Schon bald schätzten wir sie als willkommene Bereicherung der Familie.

Meggie gab sich verschmust, aber das täuschte. Von einem Augenblick zum nächsten konnte sie sich in eine gnadenlose Jägerin verwandeln. Diese Erfahrung machte unter anderem ein Nachbar, der, bei uns zu Besuch in einem Sessel saß und gedankenverloren mit einer Hand rhythmisch auf seinem Oberschenkel klopfte. Sofort trafen ihn ihre ausgefahrenen Krallen so effektiv, dass er blutete. Ihren Jagdinstinkt bewies sie auch bei anderen Gelegenheiten.

Obwohl sie eine relativ kleine Katze war, ließ sie sich von nichts und niemand *die Butter vom Brot nehmen.* Einmal besuchte uns ein Bekannter, der beim Zoll als Hundeführer beschäftigt war, mit seinem Zollhund, einem mächtigen Deutschen Schäferhund. Der stellte Meggie und drohte sie anzugreifen. Sie jedoch kauerte sich sprungbereit nieder, fletschte das Gebiss und ließ abwechseln ein furchterregendes Fauchen und einen schaurigen Heulton ertönen. Der Hund gab auf.

Wir verbrachten eine längere Zeit mit Meggie, alle liebten sie und sie dankte uns mit toten Mäusen, die sie häufig vor die Terrassentür ablegte. Dann blieb sie plötzlich verschwunden. Wir suchten sie überall – vergebens. Aber wir vergaßen sie nicht. Etwa drei Monate nach ihrem Wegbleiben grübelte ich abends, was wohl mit ihr geschehen sein mochte. Natürlich kam ich auf kein Resultat.

In der folgenden Nacht träumte ich von Meggie. Sie sprach zu mir wie ein Mensch, aber was sie zu mir sagte, konnte ich nicht über die Nacht retten. Ich erzählte aber trotzdem meiner Frau davon. Am Nachmittag machte ich einen kleinen Spaziergang *um die Häuser*. Das Haus gegenüber dem unsrigen umschließt ein großer ziemlich wilder Garten mit zahlreichen Bäumen und Hecken. Ich weiß nicht, was meinen Blick lenkte, jedenfalls entdeckte ich in einer gleich hinter dem Maschendrahtzaun die sterblichen Überreste von Meggie. Ich erkannte sie eindeutig an dem rotbraunen Fleck.

Wir vermuten, dass sie, von einem vorbeifahrenden Fahrzeug angefahren, sich entweder bis zur Hecke schleppte und dort verendete. Es mag auch sein, dass der Fahrer sie tot über den Zaun geworfen hatte.

Meine Frau trauerte besonders ob des Verlustes und drängte beständig, eine neue Katze anzuschaffen. Im Nachbarort hatten wir Gelegenheit, uns aus einem Wurf eine auszusuchen. Die Wahl fiel schließlich auf ein zimtbraunes Tier. Wegen der Farbe sollte es *Ginger* heißen, obwohl sich bald herausstellte, dass es ein kleiner Kater war. Ob diese Benennung mit einem eher weiblichen Namen Einfluss auf Gingers Charakter ausübte, darf bezweifelt werden.

Doch Ginger war das genaue Gegenteil von Meggie. Er war tapsig und lang nicht so helle. Im Laufe der Zeit richtete er einigen Schaden mit seinen Krallen an, wenn er das Bedürfnis verspürte, sich genüsslich zu strecken. Nachdem er auf diese Weise einen frisch bezogenen Ledersessel ramponiert hatte, war für mich das Maß voll. Ich entzog ich ihm meine Zuneigung und beobachtete mit Argwohn sein Verhalten. Offensichtlich war er ein Feigling, soweit es das bei Tieren überhaupt gibt.

Auf dem Rasen vor dem Haus attackierten ihn die Amseln, sobald er sich sehen ließ. Sie überflogen ihn von rückwärts im *Tiefflug*. Er duckte sich dann ins Gras und verdrückte sich, sobald die Angriffe nachließen. Die Amseln müssen wohl bemerkt haben, dass mit ihm nicht viel los war.

Bei Meggie hätten sie ein derartiges Verhalten mit dem Leben bezahlt. Sie beobachtete einmal lange Zeit Libellen, die über unserem Gartenteich hin und her flitzten. Als sie sich des Erfolgs sicher war, sprang sie und fing eine Libelle in der

Luft. Dass sie anschließend ins Wasser fiel, machte ihr offensichtlich nicht viel aus. Sie schwamm ans Ufer, als hätte sie nie etwas anderes getan. Klatschnass wie sie war, sah sie jämmerlich aus.

Ginger machte es ein paar Jahre und erkrankte dann an Krebs. Der Tierarzt, zu dem wir ihn brachten, erlöste ihn von seinem Leiden, und meine Frau bestand darauf, ihn im Garten zu begraben. Diese Aufgabe fiel selbstverständlich mir zu. Zwar versuchte ich mein bestes, allerdings ist der Boden auf unserem Grundstück äußerst fest und steinig. So schaffte ich lediglich eine flache Grube, in der wir den Kater bestatteten. Zur Sicherheit häufte ich einen kleinen Steinhügel aus ortsüblichen Kalksteinbrocken darüber. Das alles geschah direkt vor Ostern

Am Ostersonntag, beim Frühstück, blickte ich beiläufig aus dem Fenster in Richtung des Katzengrabes. Es war offensichtlich geöffnet worden. Die Steine lagen verstreut darum herum. Das musste genauer inspiziert werden. Ich ging nach draußen: das Grab war leer. Meine Frau war auf der Terrasse stehen geblieben und rief mir nun zu, was sei.

„Ginger ist wiederauferstanden", erklärte ich lakonisch.

189

Warum auch nicht. Schließlich war dergleichen schon einmal geschehen. Angeblich. Das Rätsel löste sich aber rasch. Zwischen den Steinen fanden sich Fellreste uns andere Überbleibsel des Katers. Ein Fuchs, den wir schon mehrfach auf unserem Grundstück beobachtet hatten, musste der Übeltäter gewesen sein.

Inhalt